FOLIO POLICIER

Jean-Bernard Pouy

Suzanne et les ringards

Gallimard

Prix du Polar 1989, Trophée 813 du meilleur roman 1992, prix Paul-Féval 1996, Jean-Bernard Pouy est un auteur inclassable, inventeur de génie de constructions romanesques rigoureuses, à la fois tendres et féroces, passionnantes et drôles. Il est aussi l'une des figures les plus remarquées du roman noir français contemporain. On lui doit notamment *La belle de Fontenay*, *L'homme à l'oreille croquée*, *Nous avons brûlé une sainte*, *RN 86* et *Spinoza encule Hegel*, tous disponibles en Folio Policier.

Aux jeunes filles

... Et nous grimpons, nous grimpons,
Au-dessus des étoiles,
Pour capturer le tigre des montagnes
Dont nous suivons les traces
Dans la neige...

(ENO)

Je

Je sortis de la Marquise à 5 heures.

Après m'être lavé et habillé, quinze minutes de ce furieux temps avaient disparu dans les limbes. J'ai claqué la porte à 5 h 20. Je devais repasser à l'hôtel pour récupérer mes affaires, le départ étant prévu vers le début du soir

J'ai pris le métro, jouant avec le malin plaisir de regarder les gens, de chercher leurs yeux et de constater la vitesse et la concentration avec lesquelles ils tournent leur tête vers la vitre, le quai, le tunnel. Pourtant, intérieurement, je me sens beau.

L'Hôtel Baltimore était comme agité par des soubresauts bleutés. Du monde, des êtres qui n'étaient pas des clients. Des flics, en uniforme et en civil, ceux-ci portant presque leur flingue sur leur tête, tant ils étaient raides, suspicieux, mal à l'aise sur les tapis silencieux du hall.

Je me suis immédiatement persuadé que les

autres débiles avaient dû faire une fête à tout casser, qu'ils avaient dû laminer une ou deux chambres et chicorer les maîtres d'hôtel. La force publique avait été appelée pour arrêter l'entreprise de démolition. Mon boulot commençait plus tôt que prévu : pour aller chercher le camion, il allait falloir négocier. Demain, concert au Havre.

Dans l'ascenseur, j'ai pensé à la Marquise et un peu d'air chaud m'a inondé le muscle gauche, je ne pensais plus à un corps, je pensais à un être. La cabine s'est arrêtée au 5e, la porte coulissante s'est ouverte dans un feulement d'inox, et un troupeau de pognes puissantes m'ont attrapé par les bras, le col, le fond du pantalon. Ce n'étaient que deux policiers au faciès 30 Ampères, mais j'eus l'impression d'avoir dix mains fermes et poilues sur moi, tant ils étaient nerveux, décidés et pressés d'en finir. Je me suis dit : plus que dix secondes avant la balle dans la viande mauve de la nuque.

Non.

Ils m'ont propulsé jusqu'à ma chambre. La porte était ouverte. Dedans, deux officiels, l'air plus calme, des petits chefs. À ma vue, comme toujours, une seconde d'horreur, puis des regards qui se baladent partout, sur mes épaules, ma veste, mes pompes, mais surtout pas mon visage.

— Charles-Émile Gadde ?

Je n'ai pas réagi tout de suite, tant j'oublie ce nom, le mien, tant mon surnom, Dumbo, me colle à la peau. Me colle à la peau, tu parles d'une expression !

— Oui.

— Vous êtes bien employé par la Société Stockshot ?

— Oui.

— Ici… C'est votre chambre ?

— Oui.

— OK. Venez par là…

Les pognes m'ont guidé jusqu'à la salle de bains. En entrant, j'ai vu.

Et j'ai fait, comme ça, sans aide, sans tremplin, un looping arrière. Dans le temps. Hier soir.

*

J'aime la musique répétitive, car la vie se répète, bégaie, bute sur les mots, les moments. Et puis, tous ces sons valiumisés et tranxéniques me permettent de me concentrer, de me calmer, de rester un peu hors des choses, condition nécessaire à la sûreté de mes interventions.

Le casque sur mes oreilles, Eno et Fripp pénétrant mes cellules cillées, j'attends. À la moindre merde, ils viendront me chercher : un cordon qui a lâché, un concours de canettes un peu trop blitzkrieg, des trucs comme ça, tout ce qui peut joyeusement détoner dans l'ambiance pourtant noirâtre d'un concert de rock and roll.

Les pieds sur la table. Autour de moi, dans la loge cernée de carreaux de faïence douteux, des meubles et des fauteuils de bois où sont entassées les fringues de ville de ces Messieurs-Dames. Je veille aussi sur ça, les groupies fauchant n'importe quoi, au hasard, pour augmenter le stock d'effigies appartenant à leur star préférée. FMRFIJ, aurait bramé Desnos.

Ça fait deux heures maintenant qu'ils ont commencé. C'est long, plus long que d'habitude. Ils diront que c'est un GRAND concert.

Pendant qu'ils étaient encore ici, essayant de se chauffer la voix, les mains et la tête, j'ai fait ma tournée sur la scène avant Lucie. Lucie. C'est elle qui veille sur la sono et c'est elle qui doit obligatoirement suivre les concerts pas à pas, ramassant les micros percutés par des corps en transe, défaisant les nœuds des câbles de guitare, veillant au grain. Une ingénieuse du son, si on peut dire, passant à peine deux heures pour vous faire la balance la meilleure possible, vu l'acoustique des lieux. Étant donné sa carrure, à cette nana, elle se permet de temps en temps de rejeter dans la salle un excité qui est parvenu à grimper sur la scène pour approcher les vedettes. Même s'il a une gueule sympa. Pour les rockeux, amour et haine récoltent la même attention : le coup de saton ou la bourrade virile. Drôle quand c'est Lucie. Je ne sais pas quel âge elle a, 25 peut-être, taillée comme une catcheuse, de magnifiques cheveux blonds, toujours engoncée dans des salopettes de couleur. Muette. Ou presque. Elle ne parle à personne. Une autiste sociale.

À nous deux, on s'occupe de tout, salariés à 9 500 pour le mois qui vient, pour la tournée.

Avant, Lucie travaillait à l'IRCAM, la musique en costume cravate. Les sons produits ne lui semblaient pas assez aventureux. Depuis elle suit le groupe à distance, mais toujours à la même distance. Inébranlable. Je crois qu'elle m'aime bien, moi le road occasionnel. Elle voyage quelquefois avec moi dans le camion et, maintenant, elle me regarde sans horreur. Mais elle ne dit rien. Les jours de repos, elle disparaît et revient à l'heure exacte prévue pour sa prestation.

Quand j'ai fait avec elle mon petit tour sur la scène obscure, la salle était déjà pleine et enfumée. Ça gueulait ferme par-dessus la sono. Je me suis approché du bord pour vérifier les barrières de sécurité. Inexistantes, ou presque. Lucie a haussé les épaules. Des mecs, allumés, hurlaient, impatients. Je les ai regardés, ils se sont tus, puis ressaisis et les injures ont commencé à pleuvoir. Rapport à ma gueule. Je suis habitué. Plus de honte. De la rage montante. J'ai fait le tour de la scène, constatant que le matériel le plus fragile, amplis, equalizer, et tous ces engins compliqués qui permettent de faire de l'acceptable, était relativement protégé des projectiles éventuels. J'ai retraversé la scène, me dirigeant vers le backstage. La lumière a alors inondé le plateau. Le groupe arrivait. Et moi, seul, difforme, devant la batterie, éclairé en blanc et violet. J'ai fixé, aveugle, le trou noir et bruissant qui s'était généré à la place de la salle. Pendant une seconde, il y a eu un silence surpris. Puis Bernard est entré et l'ovation a couvert la honte. J'ai fui vers les coulisses quand le reste de « Bande à part » rentrait sur scène. J'ai arpenté le couloir graisseux au son des guitares qui s'accordaient. Quand je me suis assis, face au mur de faïence, les premiers accords éclataient. Je me suis mis le casque sur les oreilles.

Eno-Fripp, de la musique répétitive, car, à chaque fois, c'est la même chose.

Dans la grande loge, j'ai observé toutes les affaires éparses, les blousons, les cuirs, les bottes de lézard, les foulards, les badges. La robe de cuir de Tina. Car, dans tout bon groupe, il faut une fille. À la basse, si possible, les machos spectaculaires ne leur laissant que ça. Tina, elle, joue de la guitare rythmique. Bien, d'ailleurs.

Courageusement. Elle fait autant de bruit qu'un punk effaré.

J'ai fait craquer tous mes doigts, impatient. Dans un peu plus d'une heure, il faudra commencer à ranger le matériel dans le camion. Deux tonnes d'amplis, de baffles, de câbles. Plus les instruments et la sono que Lucie emballera elle-même. Elle sait à quoi ça sert. Moi pas.

Moi, j'irai dans la petite masse des groupies impavides qui stationneront près de la sortie pour choisir deux ou trois costauds qui m'aideront à porter le matériel, contre l'invraisemblable droit de côtoyer les vedettes lors de la nouba du soir. Et puis il me faudra soupeser les caractéristiques des filles du coin, ne pas les effrayer et, selon les consignes, en choisir deux ou trois pour que la soirée soit sensuelle. Aussi. Pas pour moi. Cela m'est interdit, vu ma gueule. Mais les autres y tiennent. Une fille dans chaque port, comme les matafs. Une des joies des tournées, selon eux. Généralement, ils n'en font rien, de ces jeunes inconscientes, trop saouls, trop fatigués, trop allumés. Mais la présence des groupies est nécessaire au mythe.

Un type est entré, criant, muet. J'ai enlevé le casque.

— C'est vous, Dumbo ? a-t-il répété, penaud.

— Oui.

— On vous appelle, devant la scène. Vite.

J'ai refermé ma veste et j'ai enfilé mes gants de cuir. Je l'ai suivi dans le couloir résonnant du bruit infernal venant de la scène, plus loin. J'ai vu Bernard qui chantait à deux mètres du premier rang des spectateurs. Je me suis immédiatement dit qu'il était trop loin, d'habitude il se colle à ses fans pour postillonner sur leurs visages la salive qu'il juge poétique. Au sens rock du terme. Un son claquant et énorme envahissait toutes les cases des cerveaux présents. Les miennes, aussi. Et la bande de punks qui s'agitait, menaçante, sur le bord gauche de la scène, près des baffles de basse, avait l'air de s'énerver sans un bruit, comme dans un film muet : leurs rictus, leurs braillements, leurs gestes chaotiques, leurs crêtes, tout était comme beurré par le son du groupe.

— Ben alors ? j'ai hurlé à l'oreille du responsable.

— Ils vont essayer de passer !

J'ai haussé les épaules. Ils vont essayer de passer. Pour quoi faire ? Sans doute pour monter sur scène, casser un peu du matériel qu'ils ne peuvent pas avoir et se faire une petite frime devant tout le monde.

Je les ai regardés. Je les hais. J'aurais préféré les voir aller faire leur zone autour des casernes de CRS, ou casser du facho. Là, y'aurait du sport. Des deux côtés. Non, ici, ils ne risquent rien. Je les hais. Ils s'enlaidissent, et ça c'est grave. J'exècre la laideur. La mienne est suffisante pour ma vie à moi.

Le premier qui passe la barrière, je le sèche dur. Généralement, ça calme tout de suite.

Un rose Iroquois a enjambé la barrière mais n'a pas eu le temps de poser le pied de l'autre côté. Je l'ai frappé de mes deux mains jointes. J'ai senti sa pommette craquer. Ils ont reculé, horrifiés, m'ont fixé un court moment puis, hurlant, sont revenus. Lucie, au-dessus de moi, sur le bord de la scène, m'a tendu sa batte de baseball. Dans sa main, on aurait dit un canif. L'Iroquois s'est relevé, sonné, le nez en sang, hurlant avec les autres. Me voyant, noir, impassible, la batte à la main, il a longtemps hésité. Mais j'ai senti que la bagarre pouvait démarrer. Il fallait faire vite. Frimer. Tout est dans le geste. J'ai frappé violemment la barrière de fer avec la barre de bois. Le clash métallique a couvert un quart de seconde l'enfer venant des haut-parleurs. Ça a suffi. Ils ont craché, braillé, brandi leurs poings, roulé des yeux effarés mais ils ne sont pas passés. L'Iroquois pleurait de rage et de douleur.

Mais il allait falloir que je reste là jusqu'à la fin du concert. Quelle angoisse. Me taper cette ambiance de marteaux piqueurs.

Un grand concert. Énergie pure, dira sûrement la presse spécialisée. Trois titres en rappel, un Higelin, un Dogs et un LBS, histoire de dire une fois de plus que le rock est aussi français. Délire dans la salle. Bande à Part vient d'assurer son premier très grand gig, le groupe est désormais lancé après dix jours de sa première tournée. Normal. À Paris. Il va quitter le territoire des branchés parigots pour attaquer les charts. Vendre. Vendre. Et vendre.

Je suis revenu en coulisses quand la salle s'est presque vidée et que le service d'ordre a commencé à déblayer les retardataires. Dans la grande loge, une odeur de sueur, de bière et de contentement de soi. Trempé jusqu'à l'os, Bernard n'avait pas l'air de se rendre compte que c'était fini. Il était toujours agité de soubresauts. Pierrot, le batteur, avait les mains en sang et se les bandait avec soin en reniflant spasmodiquement. Il ne supporte pas la coke, ça lui fout des rhinites. Jack, l'amerlo, le manager, ouvrait des canettes à la vitesse grand V. Le seul que je supporte un peu, Luigi, rangeait méthodiquement sa basse Rickenbaker. Je n'ai pas vu les autres, noyés dans la petite foule, fallait que j'aille préparer la sortie. Dans le boyau sinistre menant dehors, beaucoup de monde, le métro à six heures, des mecs du S.O., des organisateurs, la presse. À la sortie, un petit hall, rempli d'une trentaine de fans excités, espérant finir la soirée avec les stars dans ces sortes de parties frelatées qui font, ensuite, les beaux jours des potins de la zone.

Quand ils m'ont vu déboucher de la porte verte à double battant, ça a jeté un froid. L'Iroquois, toujours ensanglanté, était là aussi. J'ai viré tout le monde, en douceur, sauf l'Iroquois et un de ses copains. Contre leur aide pour transporter le matos, ils eurent le droit de me serrer la main et de rencontrer les éminents punks qu'ils venaient d'applaudir. Cette attitude, ils l'acceptaient, parce qu'ils étaient jeunes, et moi, vieux. Trente-cinq ans. Ils me voyaient sans doute aussi comme l'instit, le curé, le médecin. J'ai eu honte, tout à coup. Honte de cette facilité. Démagogie ? Oui, sans doute… Mais moi, avec ma gueule, je ne peux m'empêcher, trop content, que des gens me sourient, m'obéissent, me serrent la main. J'ai trop tendance à leur foncer dedans, à leur casser les os, tout à ma propre vengeance sur le monde qu'ils représentent, ce monde de parfaits, de belles gueules, de normaux.

Avant que les « artistes » hurlants, suants, condescendants, emplis de la joie ineffable de leur gloire naissante, ne s'enfuient vers un lieu quelconque où ils pourraient boire, chanter, déconner, se doper, voire casser, on a remballé le matériel. Une heure, il a fallu. Les punks et quelques menhirs du S.O. m'ont tout amené au camion où j'ai amarré le chargement. Lucie, imperturbable, muette, a arrimé elle-même le matériel fragile, le sien, puis, sans un mot, elle est partie. Je savais que j'avais rendez-vous avec elle, le lendemain, vers 19 heures, pour aller au Havre. Elle viendrait avec moi, dans le camion, douce nouvelle.

Il était une heure du matin. Les rues du 11e étaient désertes et chaudes. C'était le début de l'été.

Les punks sont partis avec le reste de la troupe vers un resto de la Bastille. J'ai fermé le hayon. La petite était derrière moi. Une brunette, une prolotte pas maquillée, en pantalon de cuir. Un badge qui jetait des éclairs rouges et verts clignotait sur sa veste.

— Ils sont où, Bande à Part ?

Ça y est, une groupie, j'ai pensé. Encore une victime. Elle va me faire chier jusqu'à ce que je lui fasse peur, définitivement. Je suis sorti de l'ombre. Et mon âme s'est raccourcie : elle n'a pas eu un seul mouvement de recul.

— Tu les connais ?

— Non, a-t-elle dit, je veux les connaître. J'aime Pat, le guitariste. Je veux le voir, ce soir…

— Laisse tomber, petite fille, ce sont des cons.

— Ça ne vous regarde pas !

— Laisse tomber, je te dis, ils vont te sauter, et après tu n'auras le souvenir que d'une belle saloperie.

— C'est pas votre problème. Ne me tutoyez pas, s'il vous plaît !

J'étais scié. Je l'ai regardée. Sa veste de toile noire, son poignet de force, son chemisier transparent, son fute brillant, ses bottes. La groupie. Pendant les tournées, dans chaque ville, chaque soir, des vingtaines comme ça. Ces messieurs se servent, quand leurs régulières ne sont pas là, sinon ils les laissent aux roadies, et aux autres, aux nuls, aux suiveurs. Trop heureuses, ces gamines, d'approcher le mythe... Moi, jamais. Les ados me font peur, ils sentent la perdition. Ils ne jouent pas, ils vivent un ténébreux va-tout

— Ne restez pas là ! Ils sont partis...

— Ils sont partis où ?

— Je ne sais pas. Taillez-vous ! j'ai crié.

Je l'avais vouvoyée, sans réfléchir. Cela m'a fait tout drôle de m'être senti ainsi guidé. Je l'ai regardée. Elle m'observait toujours, à travers sa longue frange brune.

— Qu'est-ce que c'est ?... Là... Sur votre visage ?

— C'est de naissance. Salut.

Et j'ai terminé le bâchage du camion. Au bout d'une minute, sa petite voix fluette s'est échappée de son corps noiraud planté sur le bord du trottoir luisant, sous le réverbère clignotant. La Gestapo serait arrivée dans une traction noire, j'aurais volontiers joué les Gabin. Il n'y avait que les lueurs modernes de son badge qui faisaient que le film était en couleurs.

— Vous êtes très dur…

— Pourtant, tu le sais ? ai-je dit.

— Quoi ?

— Tous ces trucs, là, les groupies. Ce qu'elles subissent…

La chair à star… Chair pauvre…

— Écoutez-moi : je fais mes trente-neuf heures dans un entrepôt de cartonnage. Debout. Je ne vois rien d'autre. Après… Chez moi. J'ai dix-huit ans. Mes copains ne sont pas plus intéressants que moi… Mes parents sont gentils, c'est tout. Je ne me sens pas comme eux. La vie a déjà un sale goût… Laissez-moi cette soirée. Peut-être y'en aura d'autres. Peut-être pas. Laissez-moi cette soirée !

— Taille-toi !

— Écoute, a-t-elle repris. Toi, tu as ton horreur sur la figure. T'es différent. T'en chies, mais au moins t'as ça. Moi, j'ai rien. Laissez-moi la possibilité du souvenir de cette soirée… Je me suis préparée…

Je l'ai regardée, la petite ouvrière. Mes années de militant m'ont remonté dans la gorge, tant de camarades d'alors parlaient de luttes rien que pour se sentir « à côté ». Maintenant, ils sont casés, cravate et trois mômes, cuisine Mobalpa et CB Visa. Le soir, bourrés, ils ressortent parfois Mao et Trotski, Pannekoek et Bordiga. Elle, en fait, c'était pareil. Sauf qu'elle le savait déjà.

— Monte ! je lui ai dit, à voix basse, désignant le camion.

Je l'ai déposée à l'Hôtel Baltimore. Elle s'appelait Suzanne. J'aime bien. Ça fait vieux, ça fait jeune. Pendant le trajet, nous avons parlé. J'ai même osé parler un peu de moi. Elle m'a embrassé sur la joue, côté foutu. C'était comme si je sautais dans le vide. Je l'ai fait rentrer dans le hall de l'hôtel. Bernard était déjà là, passablement dans l'ambiance. Il était trois heures du matin. Je suis monté dans ma chambre. J'ai téléphoné à la Marquise, la seule copine qui me soit restée des années folles, la seule femme qui accepte de voir ma gueule sur un oreiller. De sa voix rauque et ensommeillée, elle m'a dit de venir. J'ai pris un taxi.

*

Sur les carreaux bleutés, une main pendouillait. Dans la baignoire, nue, Suzanne. Rouge, j'ai pensé. Je ne voyais que ses cheveux noirs et un petit bout de nez, mais c'était sûr, c'était elle.

— Tu la connais ? m'a demandé quelqu'un.

Un nuage avait envahi la pièce. Un épais brouillard feutrant les sons, adoucissant les contours des formes.

Une main a retourné le reste de son visage. Tuméfié. Sanglant.

— Oui. Elle s'appelle Suzanne. Je l'ai rencontrée hier soir. Elle voulait venir à la fête. Je l'ai déposée, en bas.

— Et après ?

— Je ne sais pas.

— Comment ça se fait qu'elle soit dans votre chambre ?

— Je ne sais pas.

— Emploi du temps !

Question sèche posée par des visages qui ne me regardent toujours pas, mais qui devinent qu'avec une face de monstre il est normal de faire des choses monstrueuses.

— À 15 heures, je suis allé chez une copine. J'y suis arrivé vers 15 h 30. J'en suis parti vers 17 heures, il y a une heure à peine. Voici son adresse.

Le type m'a regardé bizarrement. Plus calmement. A réfléchi.

— Si c'est vrai, pas de problème. La mort remonte à 7 heures ce matin, à peu près. Probablement overdose. Coups et blessures. Peut-être des rapports sexuels. Évidemment tout ça n'est pas dans l'ordre… Vous allez nous suivre, faire votre déposition. Les autres y sont déjà passés.

Ses yeux quittèrent mon être qui avait perdu l'importance d'un coupable tout désigné.

— Y'a eu beaucoup de passage dans cette turne, cette nuit, avec la petite sauterie des tordus dont vous vous occupez...

— Je ne m'occupe pas d'eux. La seule personne dont j'ai la charge pèse quinze tonnes...

— Bien sûr... Tout le monde confirme avoir vu tout le monde... Le meurtre a eu lieu, ici, dans votre chambre et personne ne déclare y avoir foutu les pieds...

Je n'avais plus de voix, comme si un pan du monde s'avalanchait. Idiot et simpliste, je pensais à un aspect lancinant des choses. On m'en voulait. On savait que je passe des nuits entières à marcher dans les rues, pour hanter. J'ai eu subitement honte de penser qu'on avait, pour me nuire, bousillé une petite fille. Non, on avait tué une gamine, par plaisir, par manque de plaisir, par plaisir du manque, du manque de vie. Lucie s'est approchée de moi :

— T'inquiète pas. J'amène le camion au Havre. Prends ton temps, ne viens que demain, pour m'aider...

Je lui ai donné les clefs sans remarquer l'effort inouï qu'elle avait dû faire pour aligner tous ces mots à la suite. J'ai pris mes affaires, mon sac de toile et j'ai suivi l'escouade bleu marine Albert, le producteur de la tournée, pour une fois ses favoris pendouillaient sans gloriole, m'a tapé sur l'épaule pour m'encourager.

Dans le couloir, j'ai croisé la civière recouverte de la couverture kaki, linceul des faits d'hiver. J'ai bien failli m'y allonger pour abandonner ce présent de merde. J'ai vu ce lit de mort subite entrer dans ma chambre porté négligemment par deux képis distraits.

Albert m'a entraîné. Il avait maintenant à négocier la possibilité d'un futur pour la tournée et le groupe.

Les autres, je ne les voyais pas.

Elle/aile

L'imbécile. Elle se trouve belle, acide, aiguë. Cela fait dix minutes qu'elle se mate dans le miroir. Elle se matant et deux minets la matant en train de se mater. Et qu'est-ce qu'elle mate ? Le chapeau noir, son emblème depuis dix jours, vissé sur sa tête. Ses yeux noirs, plus lunettes de soleil, sa peau mate, ça fait un moment qu'elle n'a pas vu un gant de toilette, sa peau, ses cheveux corbeau, c'est vrai que ça fait un peu punk. Si les deux autres ringards qui la sirotent du regard savaient, ils viendraient, leur repose-verre de bière à la main, lui demander un autographe. Non, imbécile, ils téléphoneraient aux flics, aux gendarmes, à la presse. Ils essaieraient de se faire un peu de blé.

Et finie la cavale…

Une demi-heure qu'elle est là, dans ce café. La Brèche, il s'appelle. Elle en a marre, la sueur, tout ça. C'est d'accord, elle arrête. Dix jours de planque, de trains, de stress. Elle ne peut plus faire deux pas dans la rue sans regarder derrière son cul quoi qui s'y colle. Elle a vingt ans, merde, elle ne veut pas être pourrie, suivie, maquée, empaquetée, ficelée, boudinée, saucissonnée, bâillonnée, réglée. Tiens, d'ailleurs, ça fait au moins trois jours qu'elle devrait les avoir. Une chose est sûre, elle n'est pas en cloque, personne ne lui a mis la petite graine. C'est pas tous ces mauvais qu'elle fréquente, ou qui la fréquentent ou qu'il faudrait qu'elle fréquentât, de sable, qui pourraient la lui mettre, la petite graine. Laids, ils sont. Même si la Pressasensation ne demande que ça. Ils lui ont déjà photographié les fesses. Qu'elle a bien blanches et bien rondes. Et le reste à l'avenant. Comme la poire. Il n'y a pas de quoi être horrifiée ou vexée, c'est la loi de ce milieu, et puis elle a assez jubilé en pensant à tous ses fans boutonneux qui, euh, eh bien, c'est naturel, même si ça rend sourd. Quand elle pense à eux… Non, elle n'y pense plus. C'est un peu pour ça qu'elle s'est barrée, pour ne plus voir les requins du lagon bleu, la mine défaite, la gueule hagarde… ma pauvre amie… tiens bon, je suis là… si je peux faire quelque chose… pour ne pas entendre les cris d'orfraie (d'or frais ?) de Vanna, la productrice, qui se tord les mains de douleur (et pense sérieusement à ses bâtons enfouis, perdus, envolés, comment les récupérer, voyons, réfléchissons...). Et le papa qui a pris un coup de marteau, plus de son, plus d'image, une grande douleur muette et digne, comme disent les journaux qui, eux, question dignité... Plus rien n'existe. C'est pas ça qui lui rendra Alberto. Pourtant elle lui a dit, au papa de Sicile, à lui seul, qu'elle a vu le pare-brise exploser avant que la bagnole prenne le tournant. Il a simplement répondu que ? pourquoi ? comment ? ma ché ! qu'est-ce ? qui ? accidenti ! aurait osé faire un truc pareil. Que c'était un gravillon. Il a bon dos le gravillon. Elle, quand elle s'est réveillée à l'hosto, avec un mal au cul dément, elle a tout de suite revu le pare-brise qui s'étoilait et Alberto qui n'a même pas tourné le volant et ils ont été tout droit et la vallée s'est retournée devant eux et le choc. Du coup, sa peine s'est changée en rage contre tous ceux qui savent, qui se taisent. Elle en est sûre, c'est un fait, on la prend pour une conne, trop jeune pour savoir ces choses-là. En tout cas, elle n'est pas trop jeune pour fuguer, et là, ils se mordent les doigts de pied.

Bien sûr, elle n'en pense pas moins, même si c'est l'image qu'elle donne, Valérie Mosconi, la jolie star qui monte, qui monte, l'actrice de l'avenir, la coqueluche du dernier festival de Cannes, la pauvre, elle a vu mourir l'amour de sa vie, son amant, son metteur en scène, son démiurge, son pygmalion, c'est peut-être elle qui conduisait, elle l'a peut-être tué ! Elle va devenir folle ! Sa carrière est finie ! Les milliards de ses spectateurs fous d'elle ne verront plus son joli minois et son corps pétillant et cuivré ! Mais non, regardez-la, elle est belle, jeune et douce, et elle continue le film avec un autre metteur en scène ! Un Américain ! Appelé à la rescousse. Et elle ne dira rien. Elle ne fera pas de caprice. La vie continue. C'est merveilleux !

On la force. L'image. Le fric.

Mais là, ils l'ont gonflée, tous ces ringards. Sa peine, elle n'est qu'à elle, elle veut la vivre toute seule. Alors, elle s'est barrée, coupé les cheveux, habillée de noir, pris le dur en seconde et les autocars. Elle a couché dans les gares et elle a marché beaucoup, dans ses baskets. Et elle atterrit là, dans ce rade. Y'a le Gard en dessous. Collias, ça s'appelle. Ça n'a pas été facile de décoller du tournage. Douze mille journalistes autour. Et ses gardes du corps. Qui le regardent plutôt, son corps, en le gardant. Tout le monde le connaît par cœur à vingt bornes à la ronde, il a fallu la jouer fine. Le coup du cimetière, se recueillir sur la tombe d'Alberto. Avec son sac sur l'épaule. Dedans, des fringues de rechange et du fric, tiré le matin. Au cimetière, la police et ses sbires font place nette… Vous comprenez… La douleur de la star… Les photographes admettent que ce n'est pas très photogénique, alors ils se cassent un peu plus loin. L'attendent à la sortie, les cons. Les gardes du corps aussi. Elle se balade un peu et elle se fait le mur du fond. Personne à gauche, personne à droite, hop, c'est parti. Seule. Un peu plus loin, la voiture de Prune, une copine, la scripte, qui démarre à trois cents à l'heure et qui la pose chez elle. Elle se change, elle se coupe les tifs, elle se maquille en blanc-punk et en avant vers la gare. Le Metrazur. Pratique. Direction Nice.

Ce matin, quand elle s'est levée, elle avait une drôle de tête. Haut les mains les yeux ! Vous êtes cernés ! Mais, bizarrement, elle se sent plus belle, plus vraie, il y a pas seulement dix jours, c'était illico les crèmes et le maquillage dès le réveil. Sois belle, ma fille. Ressemble à ce que tes fans aiment, veulent, exigent. Ils paient pour ça. Alberto, lui, était net, toujours tiré à quatre épingles, le pauvre. Elle a envie de pleurer, comme ça, pleurer dans ce café. Mais c'est bête, elle a le cœur sec. Elle a eu la détresse énorme, surtout quand elle a appris qu'Alberto avait cassé sa pipe, lui qui ne fumait jamais. Mais aucun pleur. Au cimetière, par rapport aux autres, elle s'est tamponné les yeux à mort. Elle avait les paupières gonflées à force de se les marteler. Mais aucun hoquet, à l'intérieur. Par contre, une envie de tout foutre en l'air, cette vie de con, toujours cernée par les yeux ébahis des nuls.

Être actrice ! Ça tombe sur elle ! Elle l'a bien voulu en soi. Déjà, le jour de sa première communion, les photographes ne voyaient qu'elle, parmi tous les gosses qui défilaient en rang, avec les aubes. Avec les zobs.

Elle se paie des vacances aux frais de la princesse, au frais, même s'il fait trop chaud. Ils la recherchent partout, la police est sur les dents... Bonjour les caries. Elle lit le journal, de temps en temps, et elle se marre ! Mais elle se marre ! Y'a même des pisse-copies qui tapent dans l'espionnage, la guerre des Casinos, la Mafia Amerlocaine. Alberto était italien, catégorie Sicile tout terrain, les rigolos de Montelepre, elle y a été plusieurs fois les voir, les cousins du Sud, le genre à ne mettre qu'un canon de fusil à la fois dans l'entrebâillement de la porte, par contre, d'après ce qu'Alberto lui a dit, les histoires de combine, houlà, les dollars arrivent au galop. Bref, les journaux racontent n'importe quoi. Pour pas changer. Ils l'avaient fiancée toutes les semaines, avant qu'ils soient sûrs qu'elle l'aimait, son Alberto. Un coup c'était un pilote de ligne, un coup un député-maire, un autre coup c'était son partenaire de « Lente obsession », le film qui a secoué Cannes comme un prunier, les scandales tombaient comme des coings, ce crétin qui, question intellect, un vrai lavabo. Elle n'est pas pourtant du genre à passer sa vie avec un appareil sanitaire. Mais l'amour et le film commencés avec Alberto ont tout redéclenché. Et en avant la presse déchaînée. Elle laisse faire, car c'est ce qu'il faut pour le standing. Dans le milieu, à cause de sa grande gueule, elle passe déjà pour être un peu vélo dans sa tête, alors elle est un peu forcée d'en remettre, côté discours appris par cœur et déclarations écrites par des intellos de service.

Et la vie continue, le spectacle aussi, les ronds doivent rentrer et patin couffin.

Et puis les journaux payent. Sous la table. Ça fait de l'argent de poche. Et attention, Valérie, elle veut rester star, elle ne veut pas cracher dans la soupe et faire des ménages. Déménager, oui, par contre. À bas le travail et vivent les riches.

En attendant, elle noie sa peine en se payant une tranche d'incognito. On dirait un nom de recette italienne. On la croit morte, enlevée, violée, traite des Blanches, rançon, bordel oriental, la vérole la guette. Pour l'instant, ce qui la guette, ce sont les deux minets qui la regardent, éperdus d'amour. Elle sauverait leurs vacances, à ces deux corniauds, s'ils réussissaient à flirter.

Elle ne flirte qu'avec elle-même. Depuis une dizaine de jours. Et c'est formid.

Moi

Je suis sorti du commissariat vers 20 h 30. Pas besoin de garde à vue, m'a dit le moustachu de service. Ils ont téléphoné à la Marquise. Elle leur a dit. Ils l'ont crue. Ils vérifieront plus tard. Le portier de l'hôtel m'a également vu sortir, il s'en souvient à cause du taxi que j'ai appelé de son bureau. Il n'ose sans doute pas dire qu'il se souvient surtout de ma gueule et de chaque fois qu'elle est passée devant lui. Et puis le fils de la Marquise m'a aperçu, au matin, dans le grand lit bleu de sa mère. Et s'est enfui en courant : il me déteste car je lui fais peur. C'est un peu normal, ce n'est pas le premier et ce ne sera pas le dernier, j'ai même l'impression en sortant du commissariat d'avoir perçu, venant de l'intérieur glauque et engauloisé, comme un soupir de soulagement.

Il ne faisait pas encore nuit. Paris était enveloppé d'une sorte de peignoir tiède, comme ceux que l'on vous enfile dans les Bains Turcs. Sauf qu'il y avait, dans l'air, comme un énervement crispé, un possible pas très net, une mauvaise fièvre. J'ai repensé au petit corps marbré de Suzanne, cassé dans la baignoire, et j'entendais, dans ma tête, le bruit dégueulasse que peut faire une masse dure contre un visage de jeune fille. Et puis, dans cette mort anodine, une coïncidence m'avait inondé : ce visage à moitié tuméfié par les coups, comme si, dans la mort, elle m'avait rejoint physiquement, selon la danse des apparences. Les flics avaient peut-être dû faire aussi le rapprochement, dans leurs têtes littéraires. C'est pour cela qu'ils avaient mis grand soin à vérifier mon alibi, fouillé mes affaires. Ils n'avaient trouvé que du normal en pagaïe.

J'étais arrivé sur le pont Alexandre-III. Un bateau-mouche luminescent comme un lustre saoul passait, allumant les alentours. Ce million de lucioles glissant sur l'eau grise de la Seine m'a ramolli le cerveau : je me suis mis à pleurer, sans trop comprendre pourquoi. Inexplicablement, mon cœur durci a éclaté et ce sont des morceaux acérés qui volèrent de tous côtés, des désirs de vengeance, de mort, d'amour, de colère.

SUZANNE ? JE ME SUIS JURÉ DE PENSER À TOI SOUVENT, puisque tu avais peur de passer au travers du monde comme une ombre sans intérêt : pour moi, à partir de maintenant, tu allais en avoir, tu occuperais la tête vide d'un monstre.

Le soir coulait, serein. Je repensais à l'hypocrisie torturée du commissaire. Sur son bureau, il y avait l'affiche et les dates de tournée de Bande à Part, les lieux des concerts à venir, notre itinéraire précis. Il comptait nous demander, plus tard, de plus amples renseignements, nous considérant toujours comme des tordus d'une espèce particulièrement criminelle. Peut-être aussi qu'entre-temps il étudierait ma fiche, au Sommier. Si elle y est encore. Je me méfie des amnisties qui n'effacent que les peines, pas les traces. La fiche des RG, membre actif d'un obscur groupuscule qui a eu sa part dans les désordres, et puis la dérive, les grèves, le refus du travail, de l'armée, des impôts. Trois ans de taule pour un cassage de gueule syndicale fasciste. Et puis, sur la fiche, plus rien : ne pouvait y figurer l'immense dégoût de voir mes amis s'effilocher, changer et m'exclure, la surprise de constater qu'en trois ans les têtes tournent, changent et défendent petit à petit tout ce qu'elles ont abhorré ; la sourde assurance de connaître un rejet unanime, dû à ma tête mal faite et à mes positions idéalement justes. Et la mauvaise réaction de ma part. Et le trou, les douze millions de travaux pour, justement, ne pas travailler, le manque de lieu pour me poser, pourquoi se terrer quand on est seul, le sac de voyage pour tout studio, cette liberté unanimement reconnue par moi tout seul.

*

J'ai dormi dans un quelconque hôtel. J'ai dû téléphoner à la police pour le leur signaler, comme convenu. J'étais libre de ne pas l'être. Je n'ai fermé les yeux que deux heures, le reste du temps fondant à fumer et à repasser dans ma vidéo crânienne le minois écrasé de Suzanne.

À 9 heures, je suis sorti, titubant, de ma chambre : pas la fatigue, l'erreur. J'ai fait une apparition fantomatique dans la salle à manger où de grosses tasses rondes, froides et blanches attendaient, impavides, des liquides chauds et fumants. Un homme, en imper gris, m'a abordé. Jeune. Un flic, j'ai pensé, avec l'air de marcher sur de la salade pas cuite, même les moquettes craquent sous les semelles des chaussettes à clous. Très professionnel et craignant sans doute une quelconque et évidemment bestiale réaction de ma part, il m'a mis sa carte sous le nez et m'a demandé de bien vouloir déjeuner avec moi, mais pas là, dans l'hôtel, à côté, au café-tabac.

Moi, j'avais la tête hydrophile et il a fallu que j'avale un quart de litre de caféine pure pour pouvoir prêter attention à l'extérieur. Assis en face de moi, le G-Man se regardait dans la glace encadrée de deux plantes vertes plastifiées. Je m'efforçais de ne penser à rien, n'éprouvant aucune angoisse, ayant trop l'habitude de ne pas en avoir face à l'irruption toujours problématique de la maréchaussée. Dans une certaine marge, on ne risque rien, face aux flics. On ne risque rien. Sauf si on a les mêmes attributs qu'eux : les armes. Sinon, la pire éventualité réside dans le cassage de gueule. Vu la mienne, cela ne m'était jamais arrivé, comme s'ils avaient eu toujours peur de se salir les jointures. J'ai reposé ma tasse.

— Je ne suis pas là officiellement, a-t-il dit.

— Pourtant… La carte…

— Ça facilite l'écoute.

Il n'était pas là officiellement, tu parles d'une nouvelle… J'ai attendu sans impatience l'officieux.

— On a arrêté le meurtrier de la jeune fille.

Le fond de la tasse ne m'a même pas sauté au visage. Il a continué :

— Apparemment le meurtrier. C'est un Turc, employé à l'hôtel, à la blanchisserie. On a retrouvé, dans ses affaires, un petit badge ayant appartenu à la victime. On l'a un peu cuisiné. Il a craqué et avoué qu'il l'avait violée, tuée et fourrée dans une chambre au hasard…

Je n'écoutai plus, je répétai cette bribe de phrase cent fois entendue :

— On l'a cuisiné un peu…

— Justement. Un peu beaucoup…

— Justement quoi ? Vous crachez sur vos méthodes ? C'est nouveau !

— Ce n'est sûrement pas lui. Mais ça sera difficile à établir. Il a signé des aveux complets et, même s'il se rétracte, ça va prendre trois mois avant qu'on nous donne l'ordre de réexaminer tout ça. D'ici là…

La petite frimousse de Suzanne recommençait à me danser dans la tête. Le flic s'est remis à parler, d'une voix d'ailleurs, sans timbre :

— Je suis enclin à croire que c'est dans votre entourage que la petite a morflé. Les piquouzes, tout ça… Pas vous, mais…

— Mon entourage. Allez-y ! Envoyez le couplet sur les défoncés, le rock, la musique de singe et la dépravation de notre belle jeunesse !

— Non. Oui. Je m'en fous… Mais c'est eux… Beaucoup d'indices ramènent à eux.

— Des indices ?

— Rien d'important. Vous, vous êtes hors de cause. Elle n'est pas morte d'overdose, mais elle devait être drôlement pétée. Au palfium…

— Alors ?

— Alors, vous allez les suivre pendant un bon moment…

— Vous comptez sur moi pour jouer au flic ?

— Vous percevrez obligatoirement des choses…

Et puis ce ne sera pas la première fois que vous jouez à quelque chose... Au révolutionnaire, par exemple...

— Ça y est... Je vois...

— Si vous m'aidez, votre dossier... Je peux faire quelque chose...

Là, il m'a énervé. C'est bien ça, la police, ils ont toujours l'impression que d'avoir une importance sociale vous ennuie. Comme si tout mon bonheur était d'avoir été, d'être gris muraille et employé de bureau. Je m'y suis forcément habitué, à la différence, avec ma gueule. Alors j'ai décidé de le faire paradoxer, à ce cogne :

— Mais ce dossier, je l'aime, moi, j'ai dit. C'est moi. Je n'ai pas honte, il ne m'empêche pas de dormir !

— Bof. Il vous empêche de trouver un travail stable, il vous empêche de partir à l'étranger, je ne sais pas, moi, il vous empêche quand même de vivre...

— Non.

— Non quoi ?

— Je vis. Et puis, cette enquête, ça servirait à quoi ?

— Bordel de Dieu, ça servirait à rien ! Comme la Loi ! Comme l'État ! Comme travailler pour rien, comme la mort de cette gosse. À rien ! Ça existe mais ça sert à rien !

Il s'énerve, ai-je pensé. Bon signe. Il s'aperçoit

que je glisse, que je lui glisse entre les doigts, une habitude que l'on prend vite quand on les connaît. Se rendre glissant, luisant. Alors, ils n'ont plus qu'une chose à faire : vous singer. On va un peu l'aider, ce petit :

— Ce n'est pas foutre un criminel en taule qui lui redonnera le sourire, à Suzanne…

— Pensez qu'il y a un pauvre type, qui ne parle même pas bien le français, qui s'est fait coincer les doigts dans une porte de prison…

— C'est vous qui l'y avez mis…

— Voilà le numéro où vous pouvez me joindre. Déjà, par téléphone, ça suffira. Vous n'aurez pas l'impression de vous salir.

Et le mec, silencieux, s'est barré. La flicaille genre jeune cinéma, Gérard Lanvin dans le rôle du cogne moral et désabusé. Avec, quand même, un .357 sous la jaquette. Je hais les armes à feu, tuer à distance. D'appuyer sur une détente, je suis sûr que je dégueule, que je m'évanouis, que je meurs d'angoisse et de dégoût. Le viol de la vie.

Quand je suis sorti du café, j'eus l'impression que les camions me roulaient dessus. Le son. Le bruit, + 3 dans le rouge au vumètre. Je me suis planté au bord du trottoir, regardant les véhicules passer, puis s'arrêter, à cause d'un feu rouge. Sans penser à rien, immobile, je fixai les conducteurs. J'ai rigolé quand l'un d'eux a systématiquement regardé ailleurs et frénétiquement verrouillé ses portières. Ce petit rire m'a regonflé.

J'ai acheté le journal, par désœuvrement. Le vendeur ressemblait à la première page. Deux ou trois feuilles de ce torchon étaient couvertes par la mort d'Alberto Noto, tué dans un accident de voiture en montagne, avec sa créature chérie qui n'est que légèrement blessée. Trois pages pour ça. Rien sur Suzanne. La part des choses. La France Entière, le monde du Spectacle, nous deux, nous quatre, nous mille et des milliards de concierges pleurent. Pour la belle actrice. Pas pour Suzanne. Y'a même un journaliste qui a été jeté par manque de digne tristesse. Moi, jeté pour jeté, j'ai balancé le journal et les feuilles ont volé, dans le caniveau du macadam, comme des albatros gris.

J'ai pris la direction de la gare Saint-Lazare.

*

J'avais mon billet. Le train pour Le Havre partait une heure après. Je ne pouvais pas rester en place.

Je me suis mis à arpenter l'immense salle des pas perdus, rasant les murs, faisant des crochets pour, lentement, passer du grand hall sinistre à l'infâme salle des pas perdus. Puis je suis descendu, par des escaliers douteux, sentant la cacahuète grillée. Je suis sorti cour de Rome, regardant les bus, ceux qui commencent par le chiffre 2. J'ai marché. Je tournais en rond, je ne savais quoi faire de mon corps, j'avais hâte d'être au Havre pour transbahuter des caisses, déployer des câbles, aider Lucie.

Et pour regarder la tronche des « artistes ». Repérer les signes évidents de leur nuit d'enfer. Guetter une gêne, un remords. Vapeur. Et j'en foutrai quoi ? Je ne suis pas le Vengeur. Je suis triste, triste à devenir méchant, triste comme cette putain de gare effrénée, ces putains de bus à l'arrêt, cette puanteur urbaine. Triste. Piètre.

Quatre loulous à bananes, resserrés les uns contre les autres, la canette à la main, m'ont regardé traverser la rue. Ils masquaient l'entrée d'un ciné porno, dans le hall duquel cliquetaient et vrombissaient des flippers. J'avais envie de secouer un peu ces catins électroniques.

En entrant, je les ai frôlés.

— Tiens ! V'là Elephant Man, a rigolé l'un des santiagueux.

J'ai repoussé le sac sur mon ventre et je n'ai pas répondu. J'ai tenté de continuer, aveugle et sourd, mon chemin, mais le spirituel banlieusard m'a attrapé par le col de ma veste :

— Eh ! E.T. !

Je l'ai séché brutalement. Un coup de coude

à la face et ma godasse dans le haut du tibia, près du genou. Le bout ferré de mes chaussures de sécurité a fait son travail d'enclume. Le loubard est tombé en hurlant. J'ai été repris par cette sorte de honte de me servir de mon habitude, de mon boulot, de ma qualification, de cette sorte de manque de peur, de ce réflexe de tout analyser, de tout ce que j'avais appris face à mes adversaires politiques, il y a longtemps.

Il fallait que ça s'arrête vite. Il ne fallait pas que j'aligne ces jeunes hommes. La seule solution, en esquinter un autre, très vite, pour compter sur l'effet de totale impossibilité. J'ai glissé de travers en direction du plus proche de moi, l'ai frappé à la cuisse avec mon genou, une béquille ça s'appelle, je l'ai pris par le haut du blouson et l'ai projeté contre un des piliers de marbre du ciné. Sa tête a résonné creux. J'ai regardé les autres en hurlant :

— Je lui casse les deux bras !

Figés, les deux survivants hésitaient à sortir leur cran. J'ai repoussé sur eux celui que j'avais au bout des bras. Je me suis enfoncé dans la galerie marchande, je n'ai pas eu besoin de fendre la petite foule qui s'était amassée spontanément. Ma tête violacée et les beuglements du loulou à terre m'avaient désigné comme le dangereux maniaque.

Je suis vite ressorti par l'autre bout de la galerie, j'ai traversé le boulevard et je suis entré dans un café.

Au comptoir, j'ai attendu que les tremblements de mes mains disparaissent. Quand la bière a cessé de danser dans le verre à pied, j'ai payé et j'ai remonté le boulevard, vers la gare.

*

Bon concert. Calme et agité. Je ne comprends pas bien le rock, quelque chose m'en empêche, la naïveté. Mais il y a ce côté électrique, cette perte immédiate et aveuglante d'énergie qui est formidable. Il y a de la dépense, de l'usage. Les petits ont bien fait leur boulot. Il y a de plus en plus de monde, la presse commence drôlement à s'intéresser à eux. Je fixe la dernière attache de la bâche arrière. Avec mon couteau courbe, un vieux souvenir de vendanges agitées, la coopérative avait un peu trop oublié sa fonction sociale, je supprime le nœud d'avant. Le chargement est fini. Les deux punks qui m'ont aidé me regardent, attentifs et hallucinés. Je dois immédiatement partir pour Brest. La tournée continue, la pression augmente. Ça me plaît. Le boulot devient plus dur, plus nerveux. Je me sens bien, l'exercice physique m'a dérouillé, m'a vidé la tête. Je n'ai presque pas pensé à Suzanne. Les deux ponques sont toujours là, guetteurs infatigables.

— T'as un papier sur toi ? j'ai demandé à l'un d'entre eux.

Il a fouillé dans une des poches de sa veste, sous les chaînes, les clous, les épingles, les badges et le rat mort qui pend sur le devant.

— Je vous mets un mot. Comme ça ils vous laisseront entrer à l'hôtel. À leur fête…

— On s'en branle, de leurs mondanités, a dit l'autre.

Voix jeune.

— File-nous quelque chose, on veut se terminer la nuit.

Se terminer la nuit, j'ai pensé. Ils s'approprient la nuit, le sombre. Ça, c'est beau. Vive l'urgence !

— Bougez pas…

Je suis reparti vers l'arrière de la salle. J'ai croisé Lucie qui, d'un geste, m'a confirmé qu'elle faisait le voyage avec moi. Et puis j'ai vu Jack, j'avais déjà remarqué sa Mercedes, dehors. Celui-là, on va se le cogner tous les soirs. Le fric, le bizness, comme il dit, c'est lui, la régie, la presse, les hôtels, les horaires, la menue monnaie, tout. C'est son boulot. Il ne m'aime pas, ma gueule n'étant jamais vraiment de la couleur de sa veste. J'y ai été directo :

— Vingt sacs pour deux gosses qui m'ont aidé à charger…

Il m'a regardé, les a sortis de sa poche et m'a tendu les deux billets :

— Be careful. Too much for kids !

Ce con, ça se trouve, il est de Vierzon. Mais il insiste pour parler américain. Il aimerait être Phil Spector. Ce con. Avec sa Mercedes de mimile.

J'ai donné le fric aux deux ahuris. En dix secondes, ils ont essayé, dans l'intérieur hérissé de leur crâne lisse, de calculer combien de kros ça faisait. Mais on ne fait plus de calcul mental, à l'école. Finies les ardoises que l'on lève au-dessus des têtes blondes.

*

J'aime rouler la nuit. Surtout avec Lucie, pas besoin de tenir le crachoir, je n'ai qu'à me laisser bercer par la route, la nuit, ses halos orangés, je n'ai plus qu'à guetter la blafardisation caractéristique des stations-service et le scintillement graillonneux des resto-routiers.

La nuit, je mets, fort, la seule musique. Ma cassette de cris de baleines, ce déchirement d'eau, ce désespoir modulé, ces cris de plaisir, de haine, de peur. Ces échos étouffés dramatisent la route, la rythmant, s'accordant au sombre des alentours, le cri de la grande baleine bleue étant comme le phare qui troue la nuit.

La vitre est baissée, un peu d'air frais parcourt l'intérieur de la cabine. Le camion fonctionne bien et son poids donne à sa trajectoire le moelleux nécessaire. Nuit sur nuit, rideau de deuil percé de lumières crues, impatientes : ceux qui croisent, ceux qui doublent. Les petites villes de Normandie caressées par les jets jaunes de mes propres phares. Épinglée, quelquefois, une silhouette grimpe les murs.

Et le bruit assourdissant du silence quand on stoppe dans une station-service, quand on claque métalliquement les portières et que les bottes crissent sur le gravier. Pendant que les chiffres défilent, cliquetants, au compteur de la pompe, on tourne autour du véhicule, en ayant un peu froid, on va pisser sur le bord de la route.

Lucie est partie acheter des bonbons. J'ai allumé une cigarette, appuyé contre le capot. Lucie est revenue, s'est approchée de moi. Elle a mis son pied sur le pare-chocs et, dans la semi-obscurité, elle m'a regardé :

— Le Turc s'est suicidé.

Je n'ai pas compris tout de suite. Lucie a regrimpé dans la cabine du camion. J'ai payé. Le son bruissant des billets de 200 francs. J'ai suivi le pompiste dans son antre sentant l'huile et le chewing-gum pour qu'il me signe le bon de remboursement. En revenant vers le Dodge, j'avais la tête qui bourdonnait.

— Le Turc s'est suicidé, a redit Lucie.

— Ça va, j'ai compris !

J'ai démarré rageusement. J'ai fixé la route et les bandes blanches, comme des aiguillages plats, ont commencé à défiler sous nos roues, sinistres, sans fin. Ma rage aussi. Les masses sombres glissant de part et d'autre du camion prenaient la couleur des cheveux de Suzanne, de son cuir, de ses yeux. Son badge clignotant, c'était, tout à coup, un feu rouge, au loin.

— Ça fait deux, j'ai dit.

Et j'ai mis les baleines à fond. Émue, Lucie avait les larmes aux yeux. Les animaux pleurent, pourquoi pas les hommes… J'ai fumé cigarette sur cigarette, les minces filets de fumée s'échappant par la vitre entrouverte. Le gris se mêlait ainsi au noir.

Longtemps après, la cassette s'est arrêtée et le bruit huileux du diesel a, de nouveau, empli la cabine. Les aiguilles du compteur vacillaient. Lucie s'est calée sur son siège pour dormir un peu. Ainsi disposée, elle me regardait et ne voyait que mon bon profil, éclairé spasmodiquement par les lueurs cadencées du dehors.

— Si quelqu'un l'a tuée, la petite fille, je ne comprends pas comment il peut garder ça pour lui, sans avoir mal au cœur…

J'ai hésité avant de répondre :

— Sauf s'ils sont plusieurs. Un poids pareil, ça se partage, ça s'oublie… Au matin, on dessaoule, et on se vide la tête des mauvais rêves de la nuit…

À la sortie de Saint-Brieuc, il y a un grand routier illuminé, ouvert toute la nuit. Devant, alignés comme d'énormes boîtes d'allumettes à roulettes, des semi-remorques silencieux, encore chauds, essaient de dormir. À l'intérieur du restaurant, c'est l'ambiance fatigue et connivence. Faut s'intégrer.

Notre entrée en ces lieux a guillotiné net la masse sonore des conversations. Ma gueule et la taille de Lucie ont construit un silence respectueux et étonné, comme si nous étions des bêtes venant de la nuit et acceptant, pour un court instant, le commerce des hommes.

Nous nous sommes assis à une table recouverte de la nécessaire nappe à carreaux rouges et blancs. Lucie est allée commander les doubles cafés noirs. Ne voulant gêner personne, je ne regardais personne. J'ai récupéré, sur une table voisine, un journal local. Première page : les affres du Monde des Arts après la disparition de son cinéaste favori, là-bas, sous les palmiers niçois, et puis les avis de décès, l'article sur le pont à construire, le dernier bateau cabossé, le cours du chou-fleur, le concours de majorettes.

Plus loin, dans la salle, il y avait une jeune femme blonde, assise à une table, en face d'un type roux à moustache qui dormait, la tête sur les bras. Par en dessous, je m'apercevais que, sidérée, elle ne pouvait pas détacher son regard de mon visage. La qualité de ce regard n'était ni l'horreur, ni le dégoût, ni cette malsaine curiosité qui pousse à se demander : c'est quoi ? C'est le cancer ? Non. C'était de la sidération. Elle avait un gros sac posé sur la table, à côté d'elle. Je l'ai vue hésiter, puis se lever. Merde. C'est quoi ? Elle veut toucher le pompon du marin ? Elle a pris des feuilles dans son sac. Lucie est revenue et s'est rassise. Par-dessus sa chevelure, j'ai vu la blonde, toute menue, venir vers nous. Tee-shirt rose et pantalon de soie noire :

— Excusez-moi... Je... Je... Je...

Jeu, jeu, jeu, j'ai pensé. Jeu dangereux.

— J'écris des poèmes. Je vous en donne un... Vous le lirez... C'est étrange... Je...

J'allais lui dire : non merci, j'ai pas un rond, j'en ai rien à foutre des jeunes délinquants, des paraplégiques ou de la polio. Mais ce n'était pas ça. C'était juste des poèmes que peut-être elle vendait. Elle m'en donnait un. Deux pages imprimées. Elle tremblait.

Je les ai prises, jetant un coup d'œil dessus :

— Non, non, a-t-elle dit, vous lirez chez vous, tranquille...

Elle est revenue très vite à sa place, a secoué son compagnon, ils sont sortis tout droit, regardant devant eux. Intrigué, je me suis levé. Ils allaient vers une R5 immatriculée 06. Nice. Des palmiers chez les choux-fleurs. Ils disparurent dans la nuit, deux points rouges pressés. J'ai plié les deux feuilles et je les ai mises dans la poche de ma veste.

Lucie est partie aux chiottes. J'ai repris le journal. En page trois, on parlait du crime de l'Hôtel Baltimore de Paris, on parlait du Turc, on parlait du groupe, on parlait de moi, sous mon vrai nom. Pour le Turc, c'était de l'anathème tardif, pour le groupe, c'était une publicité larvée, une petite aura malfaisante, Albert et Jack trouvent ça OK, comme ils disent, en plus c'est gratuit, les groupies vont pleuvoir avec le petit goût de danger supplémentaire et salutaire pour les sensations, le souvenir. Ça remplacera le manque de plaisir. Moi, par contre, ça m'emmerde, un nom comme le mien ne court pas les rues. Mon seul bonheur a été de me faire oublier puisque ma gueule, celle-là, on la remarque tout de suite. Bof. Les anciens, ils ne me veulent plus. Ils ne me veulent pas. Ils m'ont oublié eux aussi, ils le peuvent, j'ai fait trois ans de taule en leur nom propre. Ma connerie, en sortant, a été de les revoir, pour les entendre dire que, gnagnagna, erreur stratégique, on s'est trompé d'ennemis, tout est spectacle, la violence, c'est du commerce et que, en six mois, ils étaient passés de la vigilance active à la permanence théorique. Tu parles d'une découverte. Dur de quitter, comme ça, un groupe qui m'avait assimilé, qui m'avait donné une importance, dur de se sentir de trop, en trop, entropie, facteur de désordre, comme ma figure, tout en moi était devenu gênant. Exclu. Encore.

Lucie est revenue. J'ai compris, à sa tête, qu'un routier avait dû vouloir l'emmerder et qu'à présent il devait rechercher ses esprits au ras des carreaux douteux d'un cabinet de restoroute. Lucie, je l'aime bien. Ça doit être sa « grosseur » qui la rend absente, méchante, précise et muette. Pourtant, elle, elle peut maigrir, moi, je ne peux rien faire. Ou alors le Masque de Fer. Ou de Cuir. Tu parles d'une littérature ! Ma vie, ce n'est pas une bibliothèque verte.

Lucie a parcouru vaguement le journal, s'attardant sur les aventures mystérieuses de l'actrice-veuve qui a disparu corps et biens. La France cherche, rêve, pleure.

— Tout ce barouf pour cette conne, a dit Lucie.

J'ai trouvé qu'elle parlait beaucoup, ce soir.

On a payé, avec le singulier plaisir d'aligner des pièces de monnaie sur le bord de la table. Une pièce dans chaque carreau. Les plus grosses sur les cases rouges.

*

L'arrivée dans Brest au petit matin. L'été est beau sur la Bretagne, de la brume de chaleur, des villages déjà animés, des campeurs, réveillés par le jour précoce, des paysans aussi. Une lumière particulière, celle du repos.

On a tourné dans cette ville grise pour trouver la salle municipale. On s'est garé devant, Lucie s'est allongée sur la couchette arrière pour dormir un peu. Moi, j'ai fumé, me sentant légèrement embrumé comme l'air sur la ville, me sentant sale et poisseux, les pieds sur le tableau de bord, ne pensant à rien, écoutant la douce et régulière respiration de la baleine couchée derrière ma tête.

Dans ma poche, j'ai repêché les deux feuilles, le poème donné par cette fille, il y a longtemps, quelque part dans la nuit précédente.

Et j'ai lu. Et j'ai relu. Et j'ai rerelu. Et j'ai tremblé. Et je me suis dit, ce n'est pas possible : ça parlait d'une fille qui s'appelait Suzanne. Et d'un visage à moitié lie-de-vin. Et je me suis dit, c'est un signe. Et je me suis dit, c'est vraiment con de penser ça. Un signe ! Comme dans les romans à deux balles.

Alors, essayant d'atténuer au possible le grincement creux et métallique de la portière du camion, je suis descendu et, transi, ensommeillé, seul sur le trottoir, je me suis étiré, essayant d'évacuer du miasme et du souvenir.

Vers dix heures, Albert est arrivé dans sa Range Rover beige. C'est le beige qui doit faire classe, car la Range, question frime, c'est plutôt râpé. Il m'a regardé d'un drôle d'air et s'est occupé de tout. Il nous a fait ouvrir la salle, deux employés municipaux étaient là avec un Fenwick. Pour décharger le matériel, c'était idéal. On a fait ça vite et bien, pas de tour de rein. On a tout entassé sur la scène. On ferait le montage vers 17 heures. Albert nous a indiqué alors nos chambres d'hôtel. Je suis allé réveiller Lucie, nous avons pris nos affaires et, à pied, dans les rues mornes à peine réchauffées par un léger soleil voilé, nous avons gagné nos chambres. Je devais partager celle de Pierrot, le batteur. Il devait arriver vers 16 heures ; je lui laisserai le pieu pour la nuit pendant que je roulerai vers Lorient, la prochaine étape. Les places sont ainsi toujours tièdes et tout tourne rond. C'est ça l'organisation vue par ce mégot de Jack.

Avec Lucie, nous avons croisé plein de militaires en goguette, une ville de garnison, c'est du baston en perspective. Zéro ! Zéro ! Viande avinée, et les bons souvenirs sont des souvenirs de cogne. Ce soir, je vais avoir du boulot. Si Lucie avait eu un landau devant elle, si son costume avait été celui de la soubrette typique, elle ne serait jamais arrivée jusqu'à l'hôtel. Au petit matin, ces crânes rasés tenaient la super-forme.

La turne était assez miteuse. La production économise à mort. Quand les ronds arrivent, on ne les voit plus, c'est bien connu. Pourtant, tous les concerts sont sold out. Les « artistes », en voyant ce boui-boui, vont gueuler comme des ânes. S'ils sont énervés, s'ils sentent qu'ils peuvent sacrifier au mythe, va y avoir de la casse. Une chambre d'hôtel par ville, ça maintient le standing de démolisseur. Albert doit penser, n'importe comment, qu'une chambre miteuse plus les réparations ça coûte moins cher qu'une chambre chic. Avec la presse en prime. Gratos.

Je me suis allongé sur le lit, essayant de dormir vite. Lucie n'a pas regagné sa chambre : elle est allée disparaître, comme d'habitude, humer la ville, sentir, soupeser l'ambiance. Avant de régler une sono, elle dit qu'il lui faut entendre et écouter ce qui se passe autour, soit un son lourd, clinquant, soit une ambiance feutrée ou mécanique. Comme ça, elle se donne une importance créatrice. Tant mieux. Car les autres, avec le potin qu'ils font, son travail à Lucie, c'est de la confiture pour les cochons.

Je n'ai absolument pas pu m'endormir, car, comme un con, j'ai relu le poème.

Ça parlait de la rue, la rue comme une maison froide, avec des femmes qui se mettent des bijoux lourds, très lourds, parce que ça les alourdit, parce que ça les empêche de quitter le sol, parce que ça les maintient par terre.

Je ne comprenais pas bien mais je ressentais fortement toutes les images, comme si elles me traversaient le corps, laissant des traces d'encre. Car ça parlait de Suzanne. Comme s'il y en avait qu'une, une sans bijoux, avec uniquement des cheveux, si légers que rien ne l'attirait en bas. Si ce n'était cette « mousse mauve ». C'est comme ça qu'était désignée la tache. La mienne. Lie de vin. Qui bouffe le visage de Suzanne. Qui me bouffe aussi. Qui a bouffé lentement ma vie. Que j'ai souvent envisagé de décaper à la lame de rasoir, une belle cicatrice valant mieux que cet emplâtre indécis, maladie ou malédiction ?

Souillée, Suzanne. C'était écrit comme ça.

J'ai laissé tomber les papiers par terre, sur la moquette grise. Et j'ai fermé les yeux, épuisé de l'âme. J'ai allumé une cigarette, j'ai regardé le briquet, j'ai pris les deux feuillets et j'y ai foutu le feu. Que j'ai éteint immédiatement. J'ai replié le poème aux bords roussis et je l'ai soigneusement rangé dans la poche de mon grand sac, avec le passeport et la carte bleue.

Et puis, cédant à l'horrible, j'ai repensé, patiemment, à la mort de ma mère. Mon père s'est barré à ma naissance. Moi, je me suis barré à la mort de ma mère. Barré de la tête : plus rien, désormais, ne me rattachait à rien, je n'avais de peine à faire à personne. J'ai vécu ma non-vie avec cet attachement propre à ceux qui veulent surtout ne plus se mettre en avant. Deux jours après l'enterrement, les camarades du groupe m'envoyaient m'occuper d'un syndicaliste d'extrême droite. Trois ans de trou, sûrement une dénonciation, mais je m'en fous. En prison, j'ai pu pleurer tout mon saoul en pensant à la vieille, aux douleurs immondes qui lui ont mangé la tête et le corps. Les maladies internes, on en meurt. Lorsque je suis sorti de Fresnes, les collègues m'ont fait comprendre que j'étais exclu. J'en ai étalé deux, mes meilleurs copains, les seuls pour qui j'avais débordé de tendresse. Dernière preuve d'amour : une mâchoire fracassée et un nez à la Jack La Motta. Ils y auront gagné une trace. Ce n'est pas donné à tout le monde.

Vers 4 heures de l'après-midi, le groupe est arrivé. Pierrot est monté immédiatement dans la chambre, voulant se reposer, le plus possible, avant l'épreuve obligatoire du soir. Un batteur perd deux kilos par concert. Lui, du moins.

Il s'est assis sur le lit. Il avait une boîte de bière à la main.

— Le Turc s'est flingué, j'ai dit.

— Le quoi ?

— Le Turc. Celui qui a tué la petite, à Paris…

— Ah ouais ? C'est un Turc ?

Il s'est remis à téter sa canette. Ses mains étaient bandées.

— Oublie-le, ce con de Turc.

Sa voix semblait sortir d'une boîte. Je l'aimais bien, Pierrot, mais là…

— Surtout que c'était pas lui, ai-je dit lentement.

— Pas lui quoi ?

— La petite. C'est pas lui.

— Ah oui ? Et c'est qui alors ?

— C'est l'un de vous.

J'avais la chair de poule, dans le dos. Il a mis du temps à réaliser ce que je venais de dire. Moi, j'étais pétrifié : sans vraiment le vouloir, j'avais commencé la chasse, en le claironnant, en annonçant la couleur. Une méthode comme une autre.

— T'es con ou quoi ?

Il a allumé fébrilement une cigarette. Je l'ai regardé et ses yeux ont glissé, ailleurs, sur les murs de la chambre. La gêne ou ma gueule. Malgré moi, j'ai parlé, tenant un discours que je n'aurais pas su inventer :

— C'est toi, c'est un autre, c'est l'un de vous. Peut-être tous ensemble. Je trouverai. Et celui qui a fait cette saloperie, je lui crèverai les yeux. Ça gênera pas trop pour la musique… Je vous en veux, vous l'avez piquée, baisée. Ça vous ressemble. Mais vous l'avez tuée.

Pierrot était devenu tout blanc :

— T'es fou ! Et pourquoi on aurait fait ça ?

— Oui... Pourquoi ? Elle était charmante, cette môme. Pas bête. Très naïve, mais joliment. Elle ne se faisait pas beaucoup d'illusions et elle a tout vécu en une nuit, même sa mort. Ce n'est pas un pauvre blanchisseur turc qui l'a droguée, sautée et battue. Son trip à elle, c'était pas les immigrés, c'étaient les chanteurs de rock.

— Arrête, tu vas me faire pleurer. T'es vraiment naze.

Il s'est allongé :

— Faut que je dorme...

Assis sur le rebord du lit, je regardais dehors par les toujours hypothétiques fenêtres d'hôtel. Je percevais à peine les exhalaisons de Pierrot. La qualité de ses expirations n'était pas uniquement due à la volonté de projeter très haut et très droit de la fumée de cigarette. Il bougeait peu, ou alors gauchement, mais son corps emplissait la pièce, anormalement, comme s'il avait pris tout à coup une grande importance, comme s'il bouffait l'air, l'espace, le temps. Sa voix s'est élevée et a produit du silence : finis les bruits de la rue, terminés les grincements de couloir.

— J'étais cuit. Allumé. Chtarbé. J'ai un souvenir de cette petite qui roulait des pelles à tout le monde. Moi aussi, je l'ai embrassée. Une petite bouche. Elle ne savait pas bien faire ça, elle m'a souri en me disant qu'elle aimait Pat. Je ne me souviens plus, elle avait enlevé sa veste.

— Son cuir.

— Son cuir, je sais pas… Je pense qu'elle avait une blouse transparente, des jolis seins. J'avais mal aux doigts, atrocement mal, malgré la dope, j'ai pensé à mes doigts, car je voulais caresser ses seins, mais le contact du nylon, j'en avais peur… Après, je suis revenu dans ma chambre. Ça, j'en suis sûr. J'ai pris deux Largactyl.

— Les autres sont restés avec elle ?

— Je suis pas une donneuse, Dumbo… T'es un con. Un salaud, peut-être. Un zorro de merde. T'arriveras à rien. Laisse-moi dormir, tu m'emmerdes.

*

Le concert de Brest n'a pas été très bon. Mais le public, nombreux, chaleureux à sa manière, glapissant, en a eu pour son argent. C'est étonnant comme il est maintenant facile de repérer les signes de la stratification. Starification égale stratification. Avant ce stade, il faut fournir toujours et toujours. Ramer, comme ils disent. Galérer. Après, tout est bon, tout est acquis. Des rails. Gare à tout ce qui se trouve sur leur passage. Pas de faux pas. L'année prochaine, les roadies seront en or, et moi, je devrai trouver un autre boulot.

Pendant le concert, je suis resté près de Lucie. Je n'avais pas grand-chose à faire, la foule est restée derrière sa limite. Pas de risque de cassage de matériel. Ambiance cuir noir et jeunes chômeurs. Quelques militaires, aussi, facilement repérables à leur cuir chevelu dévasté sur les côtés, à ne pas confondre avec les punks et autres skins pour lesquels le côté rasibus n'a rien de réglementaire. Tout ce beau monde se foutra sans doute sur la gueule à la sortie. Tant pis, jeunesse se passe, jeunesse se casse, quarante heures d'usine, quarante heures d'armée ou quarante heures d'ANPE, il y a de quoi avoir envie de tout défoncer.

J'ai pu observer le groupe. Bande à Part. Tu parles d'un nom à la mords-moi le syntagme. Bande à part, c'est Godard, la banlieue, les jolies tresses d'Anna Karina, to bi or not to bi contre votre poitrine, zat is ze question. Il faut voir ce film pour savoir où peut se nicher la grandeur, l'émotion irrémédiable.

Pierrot, derrière ses fûts, dément, voulant crever le monde, s'ensanglantant les doigts, dodelinant de la tête, spasmophile : quand un projo le cueille, la sueur vole autour de lui comme une auréole irisée. Sauf qu'elle sent l'urine, l'auréole. Et Tina appliquée et rageuse sur sa guitare.

Elle fait la gueule, Tina, quelque chose la dérange, ce n'est pas le genre renfermé, Tina. Toujours en train de virevolter comme un papillon, suivant les autres quand ce n'est pas elle qui les précède, c'est souvent elle qui les jette dans les coups les plus foireux, c'est souvent elle qui commence à casser les chaises, dans les chambres des Sofitel. Bille en avant. Elle est jolie, avec ses cheveux raides, son absence de poitrine, ses fesses de garçon moulées dans des jeans rapiécés. Jamais un regard pour moi, Tina. Elle me parle sans me voir, juste les mots qu'il faut pour me demander de la bière, de l'alcool, ou autre chose. Je ne lui connais pas de mec. Du moins en tournée. Pas de groupies hommes. Ce n'est pas encore le style. Peut-être que ça ne va pas tarder. Lucie s'agitait, ramassant les micros et démêlant les fils que Pat s'ingénie à nouer dans sa course permanente et échevelée sur la scène. Lui, il fournit toujours. Bruit, bruit et bruit. La cheville ouvrière. Lucie, énorme dans la lumière des poursuites, bouge comme un chat, comme si son quintal de chair n'existait pas. Les guitares, dans ses pognes, n'existent pas non plus, paraissent des jouets.

À un moment, en revenant backstage, elle m'a ébouriffé, sans un mot, les cheveux, ce qui m'a réchauffé le cœur.

Mais il fallait me durcir encore. J'avais emmené le poème avec moi. Dans le bruit d'enfer venant de la scène, je l'ai relu encore une fois. Ça parlait de broche de pacotille. Et aussi, « les mains sur les genoux, aussi pesante que de n'être pas ». Je ne comprenais toujours pas ce qui avait poussé cette fille à écrire ça, comme ça, sans savoir. Un hasard fou, une coïncidence incroyable ou bien Suzanne avait du divin en elle, et, au moment de mourir, elle a dicté, loin, à une autre fille, les secrets de son apparence.

On a tout rangé en quatrième vitesse, après le concert. À une heure du matin, c'était fini. Toute la bande s'engrangeait dans les voitures. Une fête se préparait. Je n'aimais pas ça, la dernière, c'était à Paris, au Baltimore, avec Suzanne. Pat, complètement allumé, m'a traité de Turc. Les nouvelles vont vite. Pierrot a bavé. Normal. Autodéfense. Albert, avant de se barrer dans sa Range Rover où l'attendait une espèce de grande jument en cuir rouge, est venu me parler. Il était suant, les pupilles rétrécies. Pâteux.

— Écoute, Dumbo… C'est une tournée vachement importante… Bande à Part va devenir, est en train de devenir LE groupe français. Il faut que tout tourne BIEN rond…

— Vous avez quelque chose à me reprocher ?

— Non, non… Si. Ton humeur. Mêle-toi un peu plus à l'équipe !

— Je conduis le camtar de nuit pendant que vous faites la fête. Je suis payé pour ça. Et pour veiller au grain. J'ai un contrat de roadie et de service d'ordre. Je fais mon boulot. Est-ce que vous êtes en train de me demander de participer à vos sauteries à la noix ?

Pierrot nous avait rejoints. Il avait entendu mes derniers mots :

— Écoute, Frankenstein, nous, dans ces fêtes… On vit !

J'ai rigolé pour ne pas avoir à frapper :

— Parce qu'on y vit ?… Aussi ?

Ils ont senti mon égarement et sont restés cois Notre producteur chéri avait un drôle d'air. Lucie est arrivée.

— J'y vais, moi, m'a-t-elle dit, doucement. Je te rejoins demain. À l'hôtel.

J'ai explosé :

— Alors, je me tape le voyage tout seul ! Brest-Lorient, de nuit ! Avec ces routes pourries !

Lucie m'a regardé, ulcérée. Je l'ai vite embrassée sur la joue en lui glissant à l'oreille de ne pas faire gaffe, que ce n'était pas pour elle, toute cette frime.

— Je vous rappelle, dit alors Albert, en martelant ses mots, que vous êtes payé pour ça. C'est tout. Vous avez un contrat que vous pouvez rompre à tout moment, à vos frais, bien entendu. Au moindre manquement à ce pour quoi vous avez été engagé, nous nous débarrasserons de vous...

Retournement de situation. On ne m'invitait plus. On me remettait à ma place. On me prévenait qu'on ferait désormais tout pour me sacquer.

— Bien, monsieur, j'ai répondu. Mais je dois vous rappeler, moi aussi, que mon contrat n'est signé ni par Frankenstein, Dumbo ou autre. Mon nom est Gadde, mon prénom, Charles-Émile. D'ailleurs, je vous signale que Frankenstein est le nom du savant, pas du monstre. Je supporte quand même le surnom de Dumbo, bien que l'allusion à Elephant Man me soit désagréable de la part de certains...

— C'est entendu.

Albert prenait à présent cette fausse rectitude des petits chefs que j'avais bien connus, autrefois.

— Voilà votre feuille de route et de rendez-vous. Demain, le camion doit être à Lorient. Vous avez une journée de repos. Le matériel sera monté après-demain vers onze heures du matin.

J'ai pris la feuille et je suis monté dans le camion. Lucie me regardait toujours. Un petit groupe d'admirateurs est arrivé en braillant juste au moment où le reste de Bande à Part sortait de la salle. Je suis redescendu leur frayer un passage. Gentiment. Bernard et Luigi soutenaient Pat, verdâtre.

— Il peut plus arquer, dit Tina, terrorisée.

Les groupies s'étaient un peu assagis. J'ai soulevé la tête de Pat. Il était en sueur. Les yeux gonflés.

— Trop… a-t-il émis.

— Il a reçu ! a dit Bernard.

Reçu quoi ? Le bruit ? Le speed ? Vu le potin qu'il fait tous les soirs avec sa gratte, il doit être au moins sourdingue. Sourd. Dingue.

— Je l'embarque, j'ai dit. Il dormira dans le camion. Sur la couchette.

— Il n'en est pas question ! hurla Albert.

— Si, si, une petite ronflette et ça ira mieux, a réussi à éructer notre malade.

Ils l'ont porté dans le camion et l'ont allongé sur la couchette arrière.

J'ai démarré. Les phares jaunes ont balayé les hangars du coin au moment où je tournais pour aller rejoindre la nationale. J'étais content d'être seul. Presque. Pas presque content, mais presque seul. L'autre, derrière, assommé, ronflait tellement qu'il semblait mastiquer ses poumons. Pat. LE guitariste. De merde. Celui que Suzanne voulait absolument se faire. Suzanne… Est-ce que les asticots… ?

Sonné par ma propre horreur, j'ai klaxonné, longtemps.

Réveillez-vous, Brestois de mes fesses ! Puisque Suzanne dort !

Je me suis arrêté une fois, du côté de Quimper, routier de nuit, graillon de nuit, comme si les odeurs d'huile de cuisine prenaient, dans l'obscurité ambiante, une saveur froide, plus lourde, comme un parfum de classe.

Un journal traînait. Encore des nouvelles sur les chapeaux ronds, la mer et les autoroutes. Et la suite des aventures de la Starlette, la petite, celle qui était avec son chéri dans l'auto, celle qui a disparu. Toujours pas de nouvelles. Le désespoir d'une jeune fille riche fait trembler le monde. Et rien d'autre. Rien d'autre d'intéressant. Rien d'autre sur l'autre.

J'ai pris un immense café et, fatigué, à pas lents, je suis revenu au camion. Mes mouvements ralentis. Malgré la nuit, je sentais le ciel comme une chape.

Les routes, quand elles sont sinueuses, augmentent le temps, bien que les mouvements incessants des bras sur le volant et le changement de vitesses empêchent toute concentration. Le plafonnier était resté allumé à cause de Pat qui, dans le noir, prétendait tourner de l'œil. J'en ai profité pour accrocher au pare-soleil les deux feuillets du poème. Pour les lire, les relire et les apprendre par cœur.

« La rue est comme une maison
où il fait un peu plus froid et c'est tout »

Je répétais phrase après phrase, les retenant, hésitant au rythme des chaos de la route. Parfois je criais et Pat, derrière, geignait, se retournait. J'en avais rien à cirer du désordre intérieur de cette loque.

Et puis la pluie s'est mise à tomber, les gouttes éclataient sur le pare-brise, créant comme un feu d'artifice derrière les feuilles de papier. Un signe de plus. Je les ai arrachées et les ai remises dans ma poche. La conduite du camion exigeait trop de précision pour se permettre de lire en même temps. Un rideau d'eau, un ridodo, se formait devant le véhicule : la Bretagne telle qu'en elle-même, douillante, vasante, Dieu pissant sur ses fidèles les plus endurcis et les moins regardants. J'ai remis la cassette des baleines, leurs cris terrifiants pour l'âme, couvrant la pluie, martelant le carreau comme une caisse claire.

Pat s'est vivement retourné :

— C'est quoi, cette daube ?

— Ça va mieux ? j'ai répondu.

Il s'est affalé lourdement, comme un sac à patates qui se crève.

— Il pleut ? répondit-il.

— Depuis cinq minutes… Tu veux boire quelque chose ? J'ai de l'eau glacée dans la boîte, à tes pieds.

— De l'eau ! fit la voix ulcérée et abattue en même temps.

Je l'ai imaginé haussant les épaules.

— Ça te ferait pas de mal, j'ai ajouté en rigolant, en me forçant à rigoler, et puis, c'est dans l'ambiance…

— T'es docteur ou quoi ?

Mauvaise humeur. Je l'ai senti qui essayait de se lever. Il s'est cogné la tête contre le haut de la cabine et s'est mis à jurer. Au moment où il tentait de descendre de la couchette, je négociai un bon tournant à gauche, bien serré, genre épingle. Il s'est pété la bobine contre la portière.

— Merde ! Tu pourrais faire gaffe ! Merde !

Ce con commençait à m'énerver. Mais je n'ai rien dit, comprenant quand même l'état nauséeux dans lequel il devait être, le goût d'acier dans les dents, l'impression de grosses vagues anarchiques sous les pieds.

Il a ouvert la vitre et s'est mis le visage en plein sous la pluie. J'entendais l'eau gicler sur sa face. Je l'entendais suffoquer, comme noyé.

Je me suis concentré sur la conduite, essayant d'oublier que l'eau rentrant par la vitre ouverte mouillait également la couverture, sur la couchette arrière. Mais il a refermé la vitre. Je l'ai regardé, ruisselant, les cheveux comme huilés et plaqués, dégoulinants sur son blouson de cuir.

— T'as un clope ?

Je lui ai tendu mon paquet de Gauloises.

— T'as pas des blondes ?

— J'aime que les brunes.

— Ah bon ?... T'as tort. Les blondes, c'est bien aussi. Transparentes. En haut et en bas.

Il a allumé sa cigarette, soufflé la fumée vers le haut, bruyamment, et a mis ses bottes sur la boîte à gants, là où je range, à portée de main, mes cartes routières.

— Fais gaffe aux cartes, j'ai dit. Tu vas les saloper. C'est un de mes instruments de travail...

Ma voix avait changé : du plomb, c'était passé au cuivre.

— Ah, pardon !... Bof, on t'en rachètera d'autres... Au diable les varices !

J'ai rongé mon frein. Ça y est, il se croit une star. Comme les autres, riches, impunis, auréolés d'une protection magnétique. Il a arrêté la cassette et s'est mis à siffloter ce que j'ai cru reconnaître comme un des solos qu'il assène, chaque soir, vacillant, à ses supporters ébahis. Il s'aidait en agitant ses doigts d'araignée le long d'un manche de guitare imaginaire.

— Alors, comme ça.. t'aimes pas les blondes... Pourtant je croyais que toi et Lucie... Ouah Ho !

— J'adore Lucie, mais pas de la façon que tu crois, j'ai répondu, doucement.

— C'est con qu'elle soit trop grosse. Je l'aurais bien fourrée.

— Et après ?

— Et après ! C'est pas de ma faute si les nanas me cavalent au train !

J'ai freiné sec. Le camion était sur le bas-côté de la route. Il pleuvait toujours à verse. J'ai sauté dehors, et, faisant le tour par-devant, passant devant les phares, les recevant comme deux coups de fouet jaune, j'ai ouvert la porte du côté de ce connard de guitariste, je l'ai agrippé par son blouson et je l'ai projeté par-dessus moi. Il a hurlé en s'écrasant sur le rebord trempé de la route. Je l'ai ramassé, l'ai collé contre le camion et lui ai filé une trempe maison, des coups impressionnants mais qui ne font pas très mal, une latte au plexus, étouffement de quinze secondes et douleur irradiante dans le poumon, trois gifles pour lui échauffer les oreilles.

Le serrant, une main sur le cou, contre la tôle, j'ai attendu qu'il puisse parler. J'observais, ravi, sa caboche trempée, cherchant l'air, ses yeux affolés, ses narines dilatées.

— Qu'est-ce qu'il te prend ?

Sa voix, du papier de verre.

— Tu vas me dire ce qui est arrivé à Suzanne…

— Suquoi ? Qui c'est celle-là ?

— La petite groupie qui a morflé, à Paris, au Baltimore…

— Mais…

— Elle venait te voir. TOI.

Je hurlais :

— C'est moi qui l'ai amenée. Tu vas me dire ce que tu as fait avec elle.

— Comment elle était ?

— Brune. Dix-sept, dix-huit ans. Fine. Un chemisier transparent. Habillée de noir. Un badge qui clignotait.

Pat me regardait, les yeux exorbités : cette froide énumération, proférée calmement et à toute vitesse, lui donnait à croire que j'étais siphon.

La pluie nous inondait. Je sentais l'eau glisser dans mon col. J'ai pensé à des larmes. Une voiture est passée, on ne l'a devinée qu'à un grand fracas aquatique.

Pat me regardait toujours, regard noir dans le noir :

— On remonte, il a dit, je vais essayer de me souvenir.

Moi, je me suis souvenu d'un morceau du poème :

« Nous allons entre
les murs en eau
grisés un peu par notre allure haute et vive »

Manu militari, je l'ai refourré dans le camion. J'ai refait le tour, de nouveau aspergé deux fois par les faisceaux d'or des phares.

Je me suis remis au volant, en matant Pat. Il saignait du nez.

— C'est parce qu'on t'a soupçonné ? il a dit, rageur.

J'ai remis le diesel du Dodge en marche.

Elle/aile

Conne. Une heure qu'elle est là. Elle a enlevé son chapeau et ses lunettes, comme ça, pour voir. Elle a vu, on l'a vue, ça n'a pas l'air de changer la vie. Une grande lumière l'a envahie, ça faisait un bon moment qu'elle les avait, ces bésicles, sur le pif. Habituée au sombre, qu'elle était. Ses yeux brûlent, elle se les frotte. Les autres nuls la regardent. C'est un test, on va voir s'ils la reconnaissent. Non. Impossible. Dans leur crâne de lézard fumé, il peut pas y avoir de place pour la simple idée que dans le bar « La Brèche », à Collias, il y a Valérie Mosconi, la Star Disparue. Elle a faim. Elle n'a rien mangé depuis hier soir, à Nîmes. Dans un fasteufoudeu, con. Un silicone carné, tellement on aurait dit du pneu cuit. Elle a dû marcher et agiter les gambettes un bon moment, du coup elle a vu les Arènes, les Romains ils étaient vraiment déments, pour le digérer le chili. Le Pinochet de l'estomac. Elle n'avait pas d'endroit pour dormir, elle n'ose pas aller à l'hôtel, comme elle paraît toute jeune, si jamais on lui demande sa carte d'identité, c'est foutu. Alors elle a fait un aller-retour Nîmes-Bordeaux, de nuit, ça fait deux fois qu'elle fait le même coup. Y'a trois jours, c'était Marseille-Strasbourg. Au petit matin, il y avait un car devant la gare. D'un joli vert, le car. Vert comme les yeux de Prune qui doit bien rigoler, en ce moment, si au moins elle pouvait lui envoyer une carte postale. Alors le car, elle l'a pris. Il allait à Uzès. Uzès, un vieux souvenir d'école, Racine qui butinait les copines de son tonton archevêque, le prof il ne parlait que de ça : la fesse. En regardant, mouillé, les jeunes filles en fleurs. Mais elle a décidé de descendre avant. Elle a opté, au pif, pour 9 h 30. Faut pas aller jusqu'au bout. Règle. C'est comme ça qu'elle s'est éjectée en pleine campagne. Des cigales, le soleil et des herbes jaunes, une route, un poteau, Collias 4 km. En avant pour Collias.

Elle a fait la route à pied. Les grands plateaux bruissants. Dans un recoin de champ, derrière une vigne, elle a enlevé son soutien-gorge, ça lui grattait sous le bras. Elle est restée, comme ça, dix bonnes minutes, les doudounes à l'air, contente, le soleil sur la peau. Et elle a remis son tee-shirt, qui sentait l'escabèche, con. Toute mouillée de sueur, il faut imaginer l'atterrissage dans ce café. La Brèche. Un joli nom. Pour elle aussi, c'est une brèche, une coupure. On est jeudi.

Là-bas, le jeudi, après le tournage, ils allaient se baigner. La plage d'Antibes, avec les cordons de police empêchant les badauds de s'approcher trop près. La scène qu'elle devait faire seins nus, avec tous les mimiles casquette Ricard qui viennent lorgner. Alors elle se disait, minute, cocotte, regarde bien pour ne pas devenir pareille. Alberto, lui, aurait hurlé, gesticulé et obtenu que cette scène se passe dans une chambre d'hôtel. C'est pas qu'il était spécialement jaloux, il y avait bien l'équipe technique, mais le public, ça, non. Pour voir, faut payer. Son ticket.

Alberto, elle l'avait aimé. Question de peau. Enfin, elle croyait. C'était pas Sam Shepard mais, dans la tête, que du beau, de l'imprévisible. Jamais d'ennui. Maintenant, seule, déprimée mais pas vraiment triste. Il va lui falloir recommencer le grand travail des approches et ça va être duraille avec les gens du métier, les gens en « eur », acteur réalisateur metteur producteur auteur, c'est pas jojo jojo, pas grand monde dans la calebasse, par rapport à Alberto. Elle ne se voit au pieu avec aucun d'entre eux. Bouh les chaussettes ! Cela dit, quand elle va rentrer, elle va prendre un savon comaque, la produc va gueuler, mais pas longtemps, car Vanna verra bien qu'elle est rentrée et que c'est ça le principal. On arrangera ça au niveau de la Presse, ils avaleront n'importe quoi, elle en sortira même peut-être grandie, du genre elle a craqué, elle a caché sa peine sur les routes de France, elle a refusé le regard des Français sur ses vraies larmes et tout le tremblement. Et après, elle redeviendra la Star Matée à Mort. À l'eau de rose. Bien fait pour elle. Elle le veut bien. C'est une salope, du point de vue moral. Elle ne veut pas vivre mal. Dieu la punira. En attendant, Dieu, elle l'emmerde, et s'Il voit tout, Il la voit, dans ce café, les jambes écartées sous la table. Personne ne peut voir, mais elle touche son petit bouton de sonnette. Le plaisir d'être seule et qu'au moins elle se souvienne des derniers moments d'elle-seule.

Donc, elle pensait qu'elle avait faim. Elle commande un sandevicheu, con. Elle le crie de loin au barman, faut pas qu'il s'approche, ce n'est pas le moment. Elle se fait une grosse voix, on ne sait jamais. D'accord, elle fuit, elle se balade, elle zigzague à fond sur les voies SNCF, mais elle ne se sent pas tranquille. Elle n'oublie pas le pare-brise qui éclate. Et puis elle se dit, comme disait son prof de Lettres, certains indices commencent à Mallarmé… Un mec est monté dans le même train qu'elle, sans valise, en costard.

Elle l'avait repéré qui parlait avec un autre type en jeans et blouson de peau. Elle est descendue aussi sec à contre-voie et elle est montée dans le train d'en face. C'est comme ça qu'à Marseille, voulant visiter Paris, Ach Paris !, elle s'est retrouvée à Nîmes. Nimeuss, Nimeuss, deux minutes d'arrêt, buffet touristiqueu. Déjà, deux jours avant, dans un café, à Hyères, quelqu'un était entré dans les chiottes après elle et avait essayé d'ouvrir toutes les portes de cabine. Elle y était restée une heure et était sortie par les cuisines. On ne sait jamais. Comme dans les films. À tous les coups, ce sont des paparazzi, ils tueraient père et mère pour avoir une photo d'elle, le calbute entre les jambes et le rouleau de papier cul à la main.

Elle reprend une pose convenable, le patron lui amène son casse-croûte. Au bon pâté de campagne. Elle demande un coca, aussi. Ça fait plus d'une heure qu'elle est dans ce rade et ça lui fait penser à Au-Dessus du Volcan. Au-dessus ou au-dessous ? Croyez pas, elle a des lettres. Elle n'est pas la connasse calibre 20 qu'on pense. Elle cache son jeu. Son je. Et la voilà repartie dans sa paranoïa. La bouche pleine, elle mate avec un peu d'angoisse tout ce qui entre dans ce café. Pourquoi ? Pourquoi pas… Elle ne sait pas. Elle pense au pare-brise qui éclate. Une balle qui aurait tué Alberto ? Mais qui ? Pourquoi lui ?

Et elle ? Ils revenaient du ski, ils ne faisaient de mal à personne. Ni du bien non plus. Alberto avait sa « vie de famille ». Vengeance ? Elle ne connaît pas les histoires de famille, ceux qui ont les gros bras poilus et la croix du Christ, en or, sur la poitrine pain d'épices. Mais ça n'irait pas jusque-là. Alors, c'étaient qui, ces mecs, les mecs du train, les mecs des chiottes ? Ils l'ont perdue, peuvent pas s'imaginer qu'elle a fait un aller-retour Nîmes-Bordeaux rien que pour dormir.

Ou alors c'est dans sa tête. Il y a déjà tellement de trucs, dans son crâne, qu'il faudrait qu'elle déblaye un peu. S'ils la suivaient, ces mecs, en ce moment, ils doivent se consoler avec le médoc, le sauternes et l'entre-deux jambes. Elle, en attendant, c'est le coca. Elle aime bien les bulles qui s'accumulent en haut de l'estomac et puis la furieuse envie de roter. Mais il faut patienter et boire encore, en réprimant. Quand on n'en peut plus, on lâche. Brou. Ça fait brou.

Ego

Préoccupé, énervé, latent, j'ai conduit si doucement que le petit jour se levait quand nous sommes arrivés à Lorient. Pat fumait cigarette sur cigarette. Les miennes. Au premier bar croisé sur la route, nous avons marqué un temps d'arrêt. Il n'y avait encore personne et une jeune fille lavait par terre. Elle nous a servi, de son air mal réveillé, l'air des vacances, l'air du travail, nos deux grands cafés et nos tartines : elle a eu un vague sursaut en me voyant mais c'était trop tôt, ce qu'elle voyait pouvait faire encore partie de ses rêves récents.

J'ai observé Pat boire, lamper, abruti, penaud, mais innocent à mes yeux. C'est un imbécile, il ne voit que le rock, comme il dit. Le stress, la vitesse, le bruit, la gloire, le manque de lendemain, la défonce. Il hait le reste. L'autre. Suzanne, il l'a vue, il l'a embrassée, caressée, trop parti et allumé pour faire l'amour avec elle.

Bizarre comme ça m'a rassuré, comme si j'avais préféré qu'il l'ait violée et qu'elle ne soit pas morte. Cette nuit noire du Baltimore, il ne s'en souvient que parce que c'est là qu'il a essayé un mélange vodka-palfium-coke-néo-codion. N'importe quoi. Bientôt, ils s'injecteront du débouche-lavabo, pour tester les trous que ça peut faire dans leur identité. En tout cas, le fait qu'il m'ait parlé du palfium sentait le vrai. Le flic m'avait déjà parlé de ça.

Dès le début de la soirée, Pat était donc complètement assommé et il s'est endormi (évanoui ?) sous un lit. Comment il est arrivé là, il ne le sait plus. Il se rappelle vaguement avoir été malade et ne pas avoir participé à la party. Salaud et égoïste comme il se doit de l'être, il m'a quand même dit que c'était Bernard qui semblait s'occuper de la petite. Quand il a prononcé le mot « s'occuper », j'ai failli louper un tournant. Lucide dans sa trouille et son écœurement, il s'en est aperçu et a rectifié le tir : Bernard faisait goûter à Suzanne quelques substances nocives par voie intraveineuse. Il a ajouté qu'il y avait deux autres nanas mais qu'il n'en avait qu'un souvenir : l'une était nue, rousse, saoule et dansait, avec Tina, une sorte de danse africaine.

Il buvait toujours son café. Ses mains tremblaient, la fatigue, la descente : une bonne journée de dodo lui était nécessaire s'il voulait, ce soir, recommencer à gratter furieusement son engin. Je ne lui en voulais plus, il était tout à coup redevenu ce qu'il était et ce qu'il était seulement : un connard de joueur de rock and roll, inculte, égocentrique, malade, sans perspective, ni pour lui, ni pour le reste des humains.

Il m'a regardé :

— T'y crois donc pas, toi, à cette histoire de Turc…

Je l'ai fixé et l'ai observé ne pas attendre de réponse.

— T'as peut-être raison… Mais, ça va se savoir que tu fouines… Tu risques de foutre en l'air la tournée, si tu arrives à tes fins. Personne ne se laissera faire… Ils vont te virer, Dumbo.

C'étaient les premiers mots sensés qu'il émettait.

— J't'aime pas, Dumbo. T'as l'esprit aussi tordu que la gueule. Tu peux me taper dessus, j'm'en fous. Mais je la fermerai complètement, maintenant, et ça pour une bonne raison, c'est que c'est le Turc qui a bousillé la petite et qu'il est mort et que ça arrange tout le monde. Et que t'arriveras jamais à prouver le contraire. T'es qu'un roadie, mon pote, un prolo. Les patrons, maintenant, c'est nous…

— Mon patron à moi, c'est moi.

— On y va, j'ai besoin de dormir.

— Un truc, encore… Le palfium, tout le monde en avait ? Ou toi… Tout seul ?

— C'est Bernard qui l'avait amené. Pour les potes. Son oncle travaille à Gustave-Roussy… Les cancéreux…

La serveuse a pris notre fric d'un air saumâtre. Nous sommes repartis, j'avais encore une dizaine de jours pour parler à Bernard, à Tina, pour avancer dans l'absurde nuit où Suzanne avait connu le bout des choses. Suzanne mon amour. « La route est longue encore de se laisser aller » : c'est la fin du poème. La dernière phrase.

*

Le concert de Lorient s'est parfaitement déroulé, c'est à présent comme une routine, chacun a pris ses marques, sait ce qu'il a à faire, au moment qu'il faut. Personne, à part Lucie, ne m'a adressé la parole. Pierrot, de ce côté, a fait du beau boulot. La méfiance règne. C'est très bien, ils vont être nerveux et peut-être faire une gaffe.

J'ai dormi quatre heures à peine avant le concert et je me suis réveillé en bandant, mettant au moins dix minutes à me sortir d'un rêve : j'étais, avec Suzanne, dans une grande pièce claire. Il y avait une immense tendresse dans l'air, comme si nous allions faire l'amour. Elle avait un pull-over de laine bleue. Je tournais et retournais dans la pièce, humant ces odeurs de bonheur qui y régnaient. Et puis, d'un commun accord, nous décidions de nous y mettre, de frotter nos peaux. Mon cœur battait à fond. Son pull a pris feu quand elle l'a fait passer par-dessus sa tête. Je n'ai même pas vu ses seins, je me suis réveillé à ce moment-là. Je devenais timbré. Ça a été long d'attendre que mon érection disparaisse, si grande était l'impression de douceur. Toutes ces images qui venaient du tréfonds de ma tête. Et j'emmerde les psys.

J'ai passé un coup de téléphone au flic de Paris, celui qui m'avait poursuivi de ses assiduités délatoires. Pour savoir dans quel état il était. Affaire classée, il m'a dit. La police ne rouvrira jamais le dossier, elle a un coupable, il a payé, muet, jamais l'État ne reconnaîtra une quelconque erreur. Il m'a conseillé de faire autre chose, par exemple, d'empêcher mes copains d'user de substances interdites, car cette attitude nous retombera un jour sur le coin de la gueule. Je lui ai répondu que j'étais, de ce côté-là, blindé. Un train y était déjà passé dessus, sur ma gueule.

Quand même, ce soir, Lucie m'a scié : une nana bourrée est venue tripoter sa console pendant la balance du son, avant le concert. Lucie l'a lattée comme si c'était un punk de deux mètres de haut. Quand même. La pauvre fille est tombée dans les pommes, ayant pris une pêche au visage, hématome sur l'œil gauche. Je n'ai pas vu l'ombre sombre d'un regret sur le visage lisse et tranquille de Lucie. Albert, avant de partir pour sa villa d'Aix, était venu donner ses dernières directives, maintenant que ça roulait tout seul, Albert rigolait comme un perdu de voir cette pauvre nana avec son cocard. En fait, il est content qu'on soit là, Lucie et moi, comme si, par notre violence éventuelle, nous étions les garants de la bonne marche des plaisirs donnés par Bande à Part. Il avait *Rock and Folk* à la main, deux articles parlaient du groupe comme celui du renouveau de la scène rock en France. Et puis le 33 a atteint les cent mille exemplaires vendus. Le fric rentre. Ils vont faire un clip. Les royalties vont tomber.

Mais la violence froide de Lucie m'a fait peur. Elle a dû s'en apercevoir, car elle est vite venue vers moi :

— Vu du dehors, t'es comme ça, toi aussi, m'a-t-elle dit de sa voix à peine audible.

C'est vrai, j'ai pensé, je n'ai pas le privilège de me voir cogner. Je n'aimerais pas en avoir la possibilité. Je me ferais peur. J'en dégueulerais.

À trois heures du matin, après une orgie d'huîtres et de fruits de mer, j'ai pris la route de Quiberon. Prochaine étape. Lucie est avec moi, silencieuse. Elle veut me montrer quelque chose, mais mystère. On se partage le volant et on a décidé de dormir à tour de rôle dans la cabine arrière. Il n'y a que trois heures de route, à peine.

À six heures du matin, traversant une brume basse et lumineuse, nous avons atteint Quiberon. Peu avant, le long de la presqu'île, j'ai eu la désagréable impression d'avoir été pris en sandwich entre du calme et de l'agité, entre mer et océan, entre moi et moi-même. Quiberon : un macadam luisant de rosée. Personne. Nous avons laissé le camion devant la mairie et nous sommes partis, à pied, vers le port, longeant des maisons presque frileuses et blanches. Tout avait l'air salé, iodé. Lucie ne m'avait toujours pas dit ce que nous allions faire de cette journée. Tu verras bien, disait-elle.

J'ai relevé le col de mon blouson. L'été, en Bretagne, il fait froid, il faut attendre l'hypothétique jaune du soleil. Nous nous sommes installés dans un café, le long de la plage. En face, une digue, un quai. Recroquevillé autour d'un immense café chaud, le goût des cigarettes du petit matin. Une équipe de foot terminait sa nuit, vaseuse, bruyante, les hommes saouls d'alcool et de fatigue, les jeunes femmes les regardant bêtement rire, muettes, n'ayant plus la force d'ouvrir leur bouche pâteuse. Je me suis dit qu'ivres de nuit comme ils étaient il y en aurait bien un qui me chercherait des grains de beauté sur la joue. Mais non. Ils m'ont regardé, rassurés de n'avoir pas dormi et de ne m'avoir pas rencontré dans un de leurs rêves. Quand Lucie est allée aux toilettes, il y en a bien un qui a fait une réflexion du genre tanker, mais personne n'a ri. Et Lucie a fait semblant de ne pas entendre.

Nous attendions huit heures, et le premier bateau pour Belle-Île. Lucie avait les billets, que veut-elle me montrer sur une île ? Nous n'avions rendez-vous qu'à 19 heures, le soir, pour monter le matos. Une journée de balade dans le goémon n'était pas pour me déplaire, si ce n'était ce goût de café salé entre les dents. Et les jambes comme aiguës, comme attaquées de l'intérieur. Pendant que Lucie rêvassait, vautrée sur son fauteuil cannelé, je suis allé me promener le long de la plage. Marée basse. Des coureurs du petit matin agitaient déjà leurs jambes malades, des vieux, jaunes et parcheminés, se forçaient à leur exercice de thalasso sauvage. Un goéland imbécile, perché comme une grosse poule sur sa barque, s'est mis à striduler. Je me suis assis sur le sable glacé et je me suis perdu le regard dans l'océan, étale et gris.

Et j'ai regardé le ciel, conscient de la théâtralité de la chose.

Des crissements sur le sable m'ont averti. Je me suis précipitamment relevé, faisant volte-face. Un homme m'approchait, le cou emprisonné dans une minerve. Le plâtre était jauni, autour de son cou d'oiseau. Il avait une cinquantaine d'années, l'air de n'avoir pas fermé l'œil depuis une semaine.

— Vous avez une cigarette ?

J'ai cherché dans les poches de mon blouson le paquet de Gauloises qui avait dû survivre à la nuit, en me demandant comment, au petit matin, cet homme n'avait pas hésité à affronter un monstre, presque seul, sur une plage grise. Peut-être se sentait-il aussi en dehors, avec cet emplâtre lui enserrant les épaules et le cou. Je lui ai tendu mon paquet et un briquet. Il s'est fébrilement allumé une cigarette et a soufflé la fumée vers le ciel. Gris sur gris. Il s'est mis à tousser. Des larmes sont apparues sur ses joues :

— Ça m'est formellement défendu.

— Si ce n'est que formel…

Il a éclaté de rire, me regardant par en dessous :

— Il est vrai que vous… la forme…

J'ai haussé les épaules et je me suis à nouveau assis sur le sable. Il a dû prendre ça comme une invite, car il s'est accroupi, lui aussi, en geignant à cause de son dos.

Je ne savais pas encore si j'aimais sa présence. Mais je sais qu'il y a de la grandiloquence à vouloir toujours rester seul. La journée s'annonçait belle, un soleil citronné pointait déjà à travers la brume. À quoi bon être loin ?

Je me suis tourné vers lui, il regardait la mer.

— Comment ça vous est arrivé ? j'ai demandé.

— Quoi ?... Mon licou ?

J'ai opiné en prenant une poignée de sable humide : il ne filait même pas entre les doigts, comme si la nature avait subitement perdu de sa douceur.

Mon voisin a rigolé :

— C'est une bonne expérience... Ça donne l'occasion de savoir ce que les bœufs éprouvent quand ils tirent la charrue, maintenant qu'il n'y a plus que des tracteurs... C'est un peu comme vous. On dirait que, sur la moitié du visage, vous n'avez plus de peau. Si les gens en ont peur, c'est qu'ils sont horrifiés par l'intérieur de leur corps, par la viande.

— Allez leur dire ça... J'ai rien voulu.

— Moi non plus. C'est temporaire, certes, mais en attendant...

Lucie nous a rejoints. Elle s'est assise à côté de nous. Sans parler. Le type ne l'a même pas regardée. Il continuait de parler, mais j'ai senti que c'était comme un monologue qui s'adressait à lui, à la plage, à la mer, à moi, mais pas moi, plutôt mon apparence, moi faisant partie d'un paysage un peu indistinct, celui d'une plage, au petit matin, une plage paisible et libre qui, deux heures après, serait envahie par des graisseux en maillot criard, par des femmes belles et huilées, par des enfants surexcités, par des chiens dégueulasses.

— En fait, il a dit, en fait, c'est de ma faute... J'aime parler. Je parle parce que je n'agis pas, on ne peut pas tout faire dans la vie... De parler, ça calme la mauvaise conscience. Ça l'évacue. Et quitte à parler vraiment, on parle de ce qui nous fait vivre à tous. On parle de l'État. Ou du désir de manque d'État, ça dépend. Ou de la mort de l'État, c'est encore plus satisfaisant... Il y a quinze jours, j'ai beaucoup parlé. Toute une nuit. Avec des anciens amis. Je dis ça, parce qu'il y a quinze jours, c'étaient encore des amis... Et puis, au cours de la discussion, de ma discussion, j'ai souhaité l'anéantissement d'un de mes contradicteurs. Pour garantir la survivance de mes idées.

J'avais un froid inouï dans la tête. Je savais. Je revivais des scènes, des mots, des actes. Je l'ai interrompu :

— L'un d'entre eux vous a frappé.

Il m'a regardé, souriant :

— Oui. Un peu durement. Un peu trop. Mais lui aussi, il fallait qu'il me frappe. Pour la survivance de ses propres idées. C'est comme ça. La morale se niche où elle peut. Sous d'autres cieux, je serais mort, faut pas se plaindre…

Je ne l'écoutais plus, je pensais à moi, à la mâchoire fracassée d'un ancien ami, au nez écrasé d'un ancien ami. Qui traînent, peut-être, maintenant, la même distance que ce type, et qui en parlent, désabusés, à des jeunes qui ne comprennent plus.

— Je comprends, j'ai dit, c'est très difficile d'avoir en même temps tort et raison.

— C'est tout à fait ça.

Il a éteint sa cigarette dans le sable. Il s'est remis à tousser. Longtemps.

— J'ai même pas le courage de dire que j'aurais préféré crever plutôt que d'attendre que je bouffe mes poumons… On fait avec ce qu'on a.

— Proverbe.

— Proverbe, bien sûr.

— Vous ne lui en voulez pas… à votre contradicteur ?

— Non. Je m'en veux, il a répondu. Je m'en veux de traîner ce collier d'albâtre, c'est tout. Ça m'empêche de nager. J'adore nager.

Moi aussi, j'ai pensé, j'adore nager. En eaux troubles.

— Il faut y aller, a dit Lucie.

Nous nous sommes levés, nous regardant

bizarrement. Je lui ai tendu mon paquet de cigarettes. Il a voulu m'étreindre, mais il s'y est mal pris : mon nez a cogné violemment contre sa minerve. J'ai senti le sang couler sur mon tee-shirt.

— Je suis désolé, a-t-il dit.

Saignant, je n'ai pas répondu, je suis parti. J'avais mal.

*

Il a fait très chaud. Et beau. Et bon. Allongé sur le pont du bateau qui nous ramène à Quiberon, je suis bien. Je regarde l'eau défiler, je l'observe, cette immensité d'eau, sans même percevoir les voiliers qui glissent, plus loin. Je suis reposé, ému de fatigue : on a fait du vélo toute la journée, on a sillonné de bas en haut cette île qui ressemble à l'Écosse, la lande, les genêts, les murets de pierre et, au Maroc, les criques enfiévrées, l'eau verte. Lucie m'a d'abord emmené dans un petit port propret, au nord de l'île, et m'a montré, sur ses béquilles, à marée basse, posé sur la vase du fjord comme un goéland à trois pattes, un long voilier de bois, repeint en gris clair. Le *Waldek*, le bateau qu'elle repeint et répare depuis trois ans. Elle a regardé sa montre, appuyé sur le petit bouton et a dit : « Dans dix jours, je pars et ne reviens plus. »

Nous avons mangé du poisson dans un café vert et blanc, avec une tonnelle envahissante, et nous avons bu un vin blanc acide et frais.

L'après-midi, nous sommes allés dans une crique déserte qu'elle connaît depuis longtemps et dont elle est sûre de la tranquillité. Nous avons descendu une falaise à pic, par un chemin tordu et glissant. Nous nous sommes baignés nus. Le choc : la beauté de Lucie. Son corps immense, proportionné et pâle, toute cette chair comme un Rodin diaphane. En riant, elle m'a montré sa fesse : elle y avait une tache de naissance grande comme une soucoupe.

— Tu vois, a-t-elle dit, confuse, moi aussi…

Elle s'est jetée à l'eau et a nagé longtemps et puissamment. Je me suis baigné aussi, mais l'eau froide et salée a réveillé les douleurs de mon nez tuméfié. J'ai passé le temps allongé sur le sable chaud, un mouchoir sur le nez. Mais j'y ai été bien, rasséréné, la nature ne se moquait pas de moi, et, dans cette solitude mouvante, j'ai oublié ma tête.

Lucie est venue près de moi et s'est accoudée au bastingage :

— Tu sais pourquoi je t'ai emmené là-bas ?

— Je le pressens…

Il y avait de la violence et de la douceur dans l'air, le bruit de l'eau et les ronflements des diésels du bateau me faisaient trembler.

— Au sud, a-t-elle dit, là-bas, au milieu des vagues… Ce ne sont pas les poissons volants qui se foutront de notre gueule… Si tu le veux… Le bateau… Tu viens. Je t'attendrai. Je pars le 20.

*

Un pharmacien indochinois de Quiberon m'a soigné le nez : merfène et pansement interne. Je ne tenais pas tellement à ce que ça se voie, on ne sait jamais, les employeurs pouvaient tiquer, ne plus me juger apte, démuni, à mon boulot. Je voulais absolument finir la tournée avec eux : pour le fric, pour Lucie qui devenait une copine et le peu de temps qu'il me restait pour jouir enfin d'une amitié, je voulais le vivre. Et pour Suzanne, pour que le Turc n'emporte pas son image dans la tombe, ce n'était pas lui qui l'avait vue en dernier, j'en étais sûr. Et cette dernière image de Suzanne, il fallait que je la récupère, inscrite dans la rétine d'un salaud, pas loin, dans le petit cercle des gens pour qui je travaille, qui sillonne les routes avec moi et qui, chaque soir, embellit les nuits de centaines de jeunes gens ne sachant pas ce que sera leur vie. Ou pour certains qui ne le savent que trop. Venant tous chercher une lobotomie scintillante.

La petite troupe nous attendait : les bagnoles étaient là ; le groupe, les groupies, leurs groupes sanguins au grand complet. Ils nous accueillirent devant la salle des Fêtes de Quiberon pour nous apprendre qu'on devait monter le matériel du groupe pour ceux qui jouaient avant Bande à Part : on leur prêtait la sono, la console, les amplis. Lucie a fait la tronche, elle ne cédait pas facilement ses instruments et son savoir. On lui a répondu qu'elle n'était pas propriétaire du son. Elle a rétorqué que les gommeux d'avant feraient donc leur balance tout seuls. On lui a spécifié que c'était ça ou la retenue de salaire. Les petits riens qui font les bonnes ambiances de tournée. Tagada tsoin tsoin.

En tout cas, j'ai compris une chose : autant, avant, j'étais l'objet d'une courtoisie amusée, distante, paternaliste, autant, maintenant, la cassure était faite. Une coupure épistémologique, auraient dit mes anciens congénères. Je ne faisais pas partie des « artistes », il fallait que je me tienne à ma place. Tant mieux, j'ai pensé, d'une part ça m'évitera de côtoyer ces cons redoutables, d'autre part, comme le professait Clausewitz, une fois que l'ennemi admet que les hostilités puissent être ouvertes, c'est qu'il n'a pas la conscience tranquille. Je ne sais pas si Clausewitz a dit ça, mais il aurait pu.

Du coup, les chances que j'avais de coincer Bernard, Luigi et Tina devenaient de plus en plus minces. Personne ne roulerait plus avec moi, la nuit. Il allait falloir que je remonte le courant. Qu'on me refasse confiance. Pour ça, une seule chose : le travail. Le travail bien fait. L'esclave qui ferme son clapet.

*

Quiberon. Nantes. Niort. Châteauroux. Quatre concerts, des tonnes dans les bras. Toujours devant, sans rien dire, ça n'a jamais aussi bien tourné. À Nantes, le public était assez hargneux, des militaires dans le tas, prêts à écouter du rock et à casser du punk. Je me suis démené comme un beau diable, traversant le devant de la scène, féroce, tapant sur tout ce qui dépassait.

Maintenant, il y a du changement : les groupies arrivent en force, mais ce ne sont plus les petites prolottes du début, ce sont des étudiantes et des petites-bourgeoises désœuvrées. Il n'y a qu'à regarder les fringues, chères, mode, achetées la veille, des habits sans vécu, faits au moule. Chacun en embarque une, sauf Luigi dont la régulière suit maintenant le groupe. Je me la suis coltinée de Nantes à Niort, son mec, pété à la vodka, lui hurlant trop dans les oreilles, elle l'a laissé cuver à l'hôtel et, trop énervée pour dormir, a préféré tailler la route avec moi. Elle m'a tenu le crachoir : pas une phrase sans « plan », « look », « genre ». Plus le verlan des familles. Malgré son métalangage qui « m'a gonflé un max », rien dans la calebasse. Pas de charme. Jolie, pas belle. Au bout d'une heure, j'ai mis les baleines, et les longues plaintes grises ont couvert le charabia sans âme de Paula. Donc, chacun embarque sa nana pour la nuit. Plus de fête, ordre d'Albert. Je suis au moins arrivé à ça, mais cela veut aussi dire que, maintenant, avec la gloire, Bande à Part est devenu service public, que les kids les regardent, les épient, les copient. Pas de lézard, il y a du pognon en jeu. Pas de fausse note. Et ces chiens, qui hurlent, derrière leurs micros, toute une haine anticonformiste, se sont, comme un seul homme, ralliés à ça. Le fric… Hein…

Mais ils ont tué Suzanne. Je veille. Ils paieront.

« La route est longue encore de se laisser aller », dit le poème.

Au fait, ça y est, je le sais par cœur.

À Châteauroux, on a fini de tout installer vers 19 heures. Nous sommes tous allés nous taper la cloche dans une gargote chic du centre. Enfin, chic… Mais ce fut un merveilleux repas, tout en douceurs, les mets se succédèrent sans heurts, sucrés et salés, cuits à l'eau ou en sauce, peu de chose dans chaque plat, mais beaucoup de plats. Le patron est venu observer notre satisfaction, un type jeune, fort, blond aux yeux bleus. Même les autres vulgaires, malgré leurs palais et leurs gorges cokisés, furent obligés d'exprimer leur joie, comme s'ils avaient assisté eux-mêmes à un concert de cuisine. Seul, Jack était trop saoul pour trouver du goût à cette tranche de vie. Le cuistot s'est assis en face de Bernard et, curieusement, ils parlèrent de littérature. Et ce n'était pas le cuisinier le moins féru de textes éclatés, d'avant-garde et actuels. Ce type, j'ai pensé, était très Renaissance, un Laurent de Médicis, la cruauté en moins. Quand nous sommes revenus à la salle, il y avait eu un casse. Pas grand-chose, une porte dérobée, une sortie de pompiers avait été fracturée. Des gens qui connaissaient parfaitement l'endroit. Pas grand-chose, mais beaucoup à la fois : la basse Rickenbaker de Luigi et la vieille Strato pourrie de Tina avaient changé de propriétaires. Un vol d'effigies, mais un vol mené par des connaisseurs.

C'était grave au niveau du mythe, pas du rendement. Tina a été obligée de sortir et d'accorder sa Flying Gibson et Luigi a regardé avec désespoir la Fender qui lui tendait les bras. Il hurlait qu'elle était moins claquante, plus sourde et que, donc, ce soir, il se bornerait à faire du bruit au lieu de musique. Personne n'a osé rigoler.

Châteauroux... J'avais ma petite idée, je m'étais un peu promené dans la ville : pas beaucoup de jeunes, resserrés les uns sur les autres, frileux, faisant bloc contre l'adulte adversité. Châteauroux, pas de fric, pas d'avenir.

J'ai demandé à Jack de se démerder pour trouver des types qui aideraient à charger le camion, le soir, et de me donner l'autorisation d'aller récupérer les grattes quelque part dans la ville. J'emmènerais Lucie avec moi. Il ne fallait pas prévenir les flics, ou, du moins, pas tout de suite. Les voleurs, si je les trouvais, n'en auraient que plus d'admiration pour le groupe, après... Je lui demandais la nuit pour faire ma petite enquête. Demain, jour de repos, j'avais tout le temps de conduire le camion à Poitiers.

Châteauroux, la nuit, vous ne pouvez pas savoir... Black-out au cas où les Russes attaquent. Le concert m'avait épuisé, il avait fallu que je me tape une garde d'avant-scène pendant plus d'une heure, et ce n'était pas tellement d'imaginer toute une panoplie de rictus haineux propres à décourager les skins les plus éméchés qui m'avait fatigué, mais plutôt d'avoir le son, derrière moi. Les morceaux, les accords, les reprises, les riffs que je connais par cœur. De les connaître, en fait, repérer toutes les imperfections, en soi, plus celles dues aux mauvais jours. Seul, Pat rattrapait la mélasse et le son grondant de sa guitare m'avait paru d'autant plus ciselé et juste que le reste de la bande tapait dans la marmelade. Pas étonnant qu'ils aient besoin de récupérer leur matériel préféré.

À la fin du gig, j'ai repéré quelques petits ados-punks encore assez éveillés pour parler de tout et de rien. J'en ai pris un par le col, je l'ai fait passer en vol plané par-dessus la balustrade et, la main sur l'épaule, je l'ai conduit dans les coulisses. Pas très rassuré, il trouvait plus laid que lui, il ne s'est détendu qu'après deux bières prises en compagnie des stars. Comme, pour se changer, Tina ne se gêne pas et dévoile une relative nudité avant de remettre ses fringues civiles, le petit punk a eu de quoi mater suffisamment pour frimer, devant ses potes, pendant au moins deux mois. Et j'ai eu du plaisir à parler avec lui. Il n'était pas très loin de Suzanne, l'émotion en moins. On a parlé de sa vie, ici, à Châteauroux, de ce qu'il pouvait décemment y faire, bien sûr du rock, il en avait déjà les stigmates, et je lui ai demandé s'il y avait des groupes, dans cette foutue ville. Il y en avait deux : « Krot », des punks torrides de la zone, cyniques et purs, travaillant à la SEITA et « Que faire ? », une bande plus rockabilly, plus revival, groupe que le petit punk déclara immédiatement détester. Moi, j'ai tout de suite pensé qu'une Rickenbaker cadrait mieux avec des nostalgiques du vieux rock. Mais va-t'en savoir avec tous ces fondus du binaire…

Notre mentor dégarni du caillou nous a accompagnés dans le garage où répètent les « Krot », pas loin de la gare de marchandises. Un coin rempli de la poésie bien particulière du prolétaire en rut, de la pauvreté et de l'horreur obligatoires en attendant le Grand Soir. C'est pas possible, j'ai pensé, on dirait du Carné. Ou un mauvais clip vidéo, à croire que les rockers choisissent vraiment les endroits les plus pourris. Sinistres. Peuvent pas sortir du mythe.

Dans un garage décoré cuir-clous, il y avait le groupe et ses associés, une petite armée d'Indiens métropolitains. Ils n'avaient pas été au concert, vomissant Bande à Part d'une gerbe unanime, des vendus, des zombis, délaissant la saine révolte du rock and roll pour les gougnafiers de la Variété. Je ne pouvais pas exactement être d'accord avec eux, mais je n'avais rien contre, non plus. Pendant que Lucie, qui leur faisait « grosse » impression, inspectait le garage, j'ai joué franc jeu : je venais chercher les voleurs de guitares. Ils n'ont même pas eu l'air offusqué. Ce n'était pas eux qui avaient fait le coup, mais ils auraient pu le faire, car la Strato de Tina aurait pu bien s'intégrer aux pauvres guitares distordues qu'ils possédaient. Par contre, ont-ils dit, une Rickenbaker, fallait être aussi con qu'un loulou à banane de « Que faire ? » pour en avoir envie. Le petit punk a même dit :

— Que faire ? Se suicider ! No future !

Ils ont immédiatement plié bagage pour nous accompagner au QG de leurs rivaux en rock. Il n'y a pas beaucoup d'occases pour se marrer, à Châteauroux.

Dans une 304 pourrie, je me suis enfourné à la suite de Lucie et de trois autres rigolos du genre rasé avec queue-de-cheval. On s'est enfoncés, à toute vitesse, dans les quartiers plus éclairés de la ville, sur le boulevard central. On a freiné sec devant un café encore illuminé. Style branché province. Des petits chics. L'air méchant, la méchanceté venant de l'ennui et de l'agressivité qui naissent quand les journées s'avancent vides, glauques, avec les perspectives éclairantes de la non-vie. Quand ils ont vu Lucie, ils ont souri. Un peu. On rit toujours quand King Kong apparaît derrière les arbres, on se tait quand il prend Fay Wray dans sa pogne mammouthéenne. Quand ils m'ont vu, ils ont eu un geste de recul, pas celui, inopiné, causé par ma gueule, plutôt celui créé par l'annonce brutale que tout ne va pas rouler sur du velours.

À ma demande, les punks étaient restés dehors. J'ai vite compris que j'étais arrivé dans le bon endroit. Des mouvements, des regards furtifs imperceptibles montraient le désarroi des jeunes qui vont se faire coincer. C'était trop facile, ce n'était plus du vol, c'était de l'emprunt.

Je me suis dirigé vers le minet à banane qui me semblait le plus faussement sûr de lui, l'ai agrippé par le revers de son blouson de teddy, l'ai fait valser à travers les tables de café et l'ai assis de force sur un des tabourets de bar. Je me suis retourné vers la salle où personne n'avait l'air de vouloir broncher :

— Je veux les grattes dans moins d'une heure, ici... Vite !

Le patron commençait à se demander comment lâcher son chien, de ces chiens névrosés qui ne doivent pas mordre le jour, mordre la nuit, et quelquefois, le soir, un basané ou un clodo, ce qu'évidemment le chien ne comprend pas. Alors, il mord, mais il flippe. Et un jour, il bouffera une petite fille croyant que c'est une sucette géante. Aussi je l'ai regardé, ce bistrotier à rouflaquettes :

— Rien ne se passe. Il vaut mieux. C'est ça, ou la police. C'est ça ou les punks, dehors...

Ils aiment le discours télégraphique, les Auvergnats, ça les inspire. Le type a réfléchi, a regardé, au-dessus du rideau, la petite troupe noirâtre et agitée, dehors, s'est foulé un neurone et a repris un verre à pied qu'il s'est mis à essuyer furieusement.

Trois types sont sortis, la queue entre les jambes, cinq minutes après.

J'ai commandé un calva, Lucie deux verres de lait.

Sur les banquettes de moleskine, les cigarettes se sont névrotiquement allumées.

Une demi-heure après, un gros type de quarante ans environ est revenu, les deux guitares à la main. Il m'a immédiatement soupesé du regard, a senti les 75 kilos d'emmerdes, et m'a tendu négligemment les deux grattes.

En sortant, j'ai remercié la bande de punks. Nous sommes repartis avec la voiture du petit Iroquois.

Albert, confus, n'en croyait pas ses yeux. Je suis monté dans le camion. Luigi est venu me remercier. Je lui ai dit que j'avais à lui parler. Que je voulais qu'il m'accompagne entre Poitiers et Nîmes. Qu'il avait intérêt à venir.

*

À Poitiers, dès que le groupe est arrivé, une demi-heure avant le concert, j'ai vu le regard de Luigi. Pas net. Tremblant. Il est parti aussitôt sur la scène. Les autres, étrangement silencieux, généralement c'est l'excitation cachant le trac, ne disaient rien, s'affairaient, changeaient de costume. Luigi est revenu, vert de rage, il m'a demandé d'aller changer le baffle de retour, qu'on entendait rien et que, sinon, il ne jouerait pas. J'y suis allé sans rechigner. J'ai redisposé le haut-parleur sur la gauche de la scène, pendant que la foule entrait déjà dans la salle et commençait à m'allumer de divers noms de volatiles exotiques.

Quand je suis revenu, suant, backstage, Luigi en a profité pour me dire, devant tout le monde, que je pouvais me brosser, qu'il voyageait en voiture, avec Paula, et que c'était normal qu'il ne veuille pas se cogner les ressorts pourris d'un Dodge alors qu'il avait les divans moelleux d'une Mercedes. J'allais, furieux, lui répondre en lui secouant un peu ses puces de rocker à la graisse d'oie, quand Lucie est venue me chercher pour un branchement de câble défectueux. J'ai fermé ma boîte.

*

Le concert a été catastrophique. Personne n'en voulait, même Bernard rentrait sa voix, se plantant dans presque tous ses textes. Pat et Tina ont rattrapé comme ils ont pu, mais le public a commencé à gronder de plus en plus. Un bar s'est ouvert : c'est-à-dire, dans le jargon bien obtus des tournées, que les canettes ont commencé à voler. On m'a appelé. Avec deux malabars gluants du SO, on a, pendant une heure, encaissé les vagues, les coups, les crachats. Tout volait. J'ai balancé quelques beignes pour ne pas encourager les plus excités à monter sur la scène, mais j'ai vite compris que rien ne pouvait vraiment arrêter une masse en colère. Tout était merveilleusement anarchique. Un con-chef aurait pris la direction des opérations, c'en était fait de nos abattis. Je voyais Lucie, la batte de base-ball à la main, faire sa grosse : à la limite, elle, seule, en imposait.

Bref, l'angoisse. Mal barré. Tout allait casser, l'illusion, le reste, la sécurité, tout.

Alors Bernard a réagi : il s'est lancé, déchirant dans un blues en français, l'histoire d'un petit coq dans une basse-cour. Moi-même, la chair de poule me hérissant le dos, ai senti que quelque chose de grand se passait. Ça a calmé tout le monde, car on a du respect pour l'improvisation. Bernard a fait durer ça dix minutes pour bien marquer le coup et, hop, deux rocks bien diesels pour emballer la sauce. Les gens hurlaient, ravis. De la manière de retourner, vite fait, une masse idiote. Et rideau.

Seule une centaine d'individus irréductibles, fascinés par l'ampleur de leurs propres déceptions, en voulaient encore au groupe. Je les ai vus partir les premiers, à la fin du concert, bousculant le reste de la foule. Je me suis dit, partis comme ils sont, les vitrines de la ville n'ont qu'à bien se tenir.

Dans les coulisses, Bernard et Pat ont commencé à s'engueuler puis ont fait cause commune pour affronter l'homélie de Jack éructant en substance que, un concert de plus comme ça, et Bande à Part pouvait retourner aider l'agriculture française, et que lui, Jack, ne mettrait plus un fafiot sur des gens qui n'étaient pas des professionnels et qui se laissaient aller à boire leur image et que, dorénavant, tous les concerts devaient ressembler à la fin de celui-ci, sinon, les royalties, Bande à Part pouvait se les carrer dans le fion.

Le tout à moitié en anglais de cuisine.

Bref, de la poésie pure.

J'ai écouté distraitement tous ces laïus, en rangeant le matos avec Lucie et des bénévoles de la MJC. Dehors, il avait commencé à pleuvoir de l'eau chaude, de ces orages d'été qui vous sirupent la tête. Le matériel s'est entassé à l'intérieur du camion à la vitesse grand V. J'étais dégoulinant d'eau, la pluie traversait mon blouson de cuir, comme une sueur céleste.

J'ai pensé au poème :

« Par-dessus tout le ciel est bleu tendre du ciel après la pluie »

Lucie a calé sa console dans sa caisse spéciale. Le chargement était fini, j'ai fermé le camion. Les voitures étaient là, Bernard et Luigi, moroses, déjà installés dans la Mercedes de Jack, impatients de cacher leur mauvaise humeur, leur mauvaise conscience, dans une chambre d'hôtel, où la vodka, la dope et une groupie imbécile feraient leur travail d'enclume. Les autres étaient encore à l'intérieur de la salle. Je me décidais à aller chercher Luigi *manu militari* et le sortir de sa caisse, quand, tout à coup, un claquement de bottes, une avalanche de bruits de pas dans des flaques d'eau, une cavalcade. Lucie a feulé et est rentrée en courant dans la MJC :

— Dumbo ! Gaffe ! J'ai réussi à entendre.

Bernard et Luigi se sont retournés, effarés, j'ai vu la pâleur subite de leurs visages épuisés. Je me suis planqué contre l'arrière du camion. Une trentaine d'allumés déboulèrent, se ruant sur la voiture, essayant d'en ouvrir les portières et tapant à grands coups de rangers dans la carrosserie. J'ai glissé le long de la paroi du camion pour atteindre mon habitacle. Beaucoup de cris et d'injures. Je suis tombé sur un rasé de près, ruisselant de pluie sale, l'air mauvais. Il a eu immédiatement droit à une fourchette aux yeux et un coup de latte dans le haut de la cuisse. Il s'est couché sans un sou, une éponge tombant sur de la mousse. J'ai ouvert en vitesse la portière de la cabine et j'ai pris le cric. Quinze kilos de ferraille. Deux types se ruaient déjà sur moi. Me servant de mon arme improvisée, j'ai mouliné en hurlant, les faisant reculer précipitamment. J'ai couru alors vers la voiture dont le pare-brise a explosé devant moi dans un bruit feutré. J'ai tapé dans le tas avec le cric. À travers les cris, j'ai entendu le hurlement : un jeune, tout jeune, recouvert de cuir des pieds à la tête, s'est écroulé, son épaule était devenue subitement molle. Il a viré au blanc. J'ai lâché le cric qui est tombé par terre dans un silence devenu ultra-sec. Les assaillants s'étaient figés. Le type, à terre, gémissait. J'ai dégueulé sur moi. J'ai entendu les portières de la Mercedes s'ouvrir. Dans mon dégoût et mon désespoir, un autre sens, celui de la survie, m'a assailli, comme une montée d'adrénaline.

— Dans le camion, j'ai dit doucement à Bernard et Luigi.

Je me suis mis à reculer, hébété, protégeant la fuite de ces deux idiots. Les skins avancèrent, silencieusement, armée de non-voyants. J'ai pris un coup dans le dos. Je me suis débattu, en hurlant, piquant une sorte de crise de nerfs. Mon visage déformé par la douleur, la folie et la rage les a fait reculer un instant. Une sirène de police a retenti, au loin. Je suis monté dans le camion. C'est Lucie qui avait dû prévoir l'arrivée des tuniques bleues. Les skins se sont barrés, emmenant leur pote toujours blanc comme neige, sans réaction.

Sans vie, j'ai cru.

Prostré, couché sur le volant, j'ai regardé les deux autres : ils tremblaient.

— Putain, a dit Bernard, je les plains, ces mecs…

— Merci, m'a dit Luigi.

J'ai mis le contact :

— On y va. Je vous conduis à Nîmes. Jack se démerdera avec les flics.

Luigi, toujours tremblotant, a baissé la vitre, de son côté. Ses gestes désordonnés avaient du mal à allier verticalité, horizontalité et mouvement tournant. Lucie était arrivée près du camion. J'ai senti alors la douleur dans mon dos. Elle m'a interrogé du regard, mais je lui ai fait comprendre que tout irait bien. Luigi lui a demandé, en bégayant, de faire suivre ses affaires et celles de Bernard à Nîmes. Jack est apparu, suant :

— Shit ! Cassez-vous ! Move ! Incident de parcours, l'assurance will pay my car. Allez ! Come on ! Pas de témoins, sinon, on y est encore demain !

J'ai démarré en trombe. Bernard claquait des dents. Cette bagarre m'avait anéanti et rassuré à la fois : je n'avais pas perdu mes vieux réflexes et, en même temps, j'avais perdu toute retenue. Frappant aveuglément, j'aurais pu tout aussi bien tuer ce môme. Quinze centimètres à gauche et je lui faisais voler la tête, comme si je voulais supprimer le visage des autres.

Sauf celui de Suzanne. Qui me hante.

La douleur devenait intolérable. En conduisant, je me suis tâté le dos et, élevant ma main, à la lueur des phares orangés de la nationale, j'ai vu du sang, curieusement verdâtre. Un coup de couteau, ou quelque chose comme ça. Plus loin, je me suis arrêté. Quand Bernard a vu le sang, sur ma main, il a cessé immédiatement de trembler de la mâchoire et a pris le volant… Sur la couchette arrière, je me suis allongé sur le ventre et, à la lumière du plafonnier, Luigi a regardé sous ma veste. En tâtant avec le doigt, il a senti une entaille nette, pressant sur une côte, il a déclenché une douleur. Un coup de poignard. Fêlée ou cassée. J'ai pris un coup de schlass juste sur la côte. À un centimètre près, c'était le foie. Décidément, ce soir, la mort n'avait pas le compas dans l'œil. Un à Un. Il y a une justice, la camarade n'avait pas voulu de nos deux vies minables. Mais elle ne fait pas toujours pareil, l'autre nuit, elle a bien accepté cette frêle apparence de vie qu'était Suzanne. Peut-être aidée par ces deux cons tremblotants.

— T'as eu du bol, a dit Luigi.

— Vous aussi… Faut pas se foutre de la gueule des kids… Quand ils en veulent, faut leur en donner…

— C'est pas tous les jours Byzance, a dit Bernard Je voudrais bien t'y voir…

— C'est votre boulot. Faites le vôtre, je fais le mien.

— Pour décharger tes cageots, t'as pas besoin de te servir de ta tête.

— Et toi, ducon, pour dégommer les petites filles, t'as besoin de quoi ?

Bernard arrêta le camion sur le bas-côté. Dans le silence revenu, j'entendais le cliquetis des warnings. Je regardais vers la paroi mais je sentais qu'il y avait de l'ambiance et qu'ils tournaient la tête pour me regarder. L'heure d'une belle explication était venue. Je me suis retourné, toujours sur le ventre. Douleur dans le dos. Bernard allumait une cigarette, j'en vis la lueur.

— Accouche, a-t-il dit en gueulant, ça fait un moment que tu tournes autour du pot, avec les autres. Pat est dans un état…

J'ai laissé passer un long moment, trois voitures, et la moitié de la cigarette de notre chanteur préféré :

— Vous avez bousillé une petite, j'en suis sûr, et quelqu'un a morflé à votre place. C'est théoriquement classé, mais pas pour moi…

— Écoute, a répondu Bernard, on ne se souvient pas !

— Oui… Je sais… « On » était bourré, parti, pas là…

J'ai rigolé. Bernard a soupiré, puis parlé, sourdement :

— OK. Nous sommes des salauds. On se comporte comme des rats avec les groupies. On se dope, on les dope, on les baise, on les jette, on ne les baise pas, on les jette quand même. Elles le veulent bien, quelque part… Mais, jusqu'à présent, on ne les tue pas… Si tu penses, si tu PEUX penser le contraire, t'es un salaud.

— Je suis un salaud.

Le silence, bien assis, s'est réinstallé dans la cabine.

— Bordel ! a dit Luigi, t'es devenu marteau ! Tu nous sapes, tu nous stresses… Il faut que tu nous oublies, on ne peut plus se permettre des trucs comme ce soir, c'est un peu à cause de toi que tout le monde est nerveux…

Je l'ai coupé :

— Vous êtes nerveux ! Tant mieux. Suzanne, elle, est morte !

— Suzanne ?

— Suzanne, la petite groupie brune que vous avez droguée, baisée, tabassée, pétés comme vous l'étiez. Vous n'avez peut-être pas voulu la tuer, mais un coup dans la gueule d'une môme, ça fait des dégâts, surtout un coup porté par quelqu'un qui ne sait plus rien, qui ne sait plus où il habite, qui ne voit que ces petites lumières que font dans la tête tous les trucs pourris que vous prenez…

— Pas de morale, Dumbo, t'es pas comme ça, a rétorqué Luigi d'un air exténué.

— Vous parlez de morale ! Vous tuez quelqu'un sans même vous en souvenir…

Dehors la pluie s'est arrêtée, comme si elle ne voulait pas en perdre une miette. J'ai décidé d'accentuer un peu le côté nul de ce genre de confrontation.

— Vous devez payer.

Silence.

— Payer ?

— Oui.

— Comment ça, payer ?

Tout était clair dans ma tête, tout pouvait être dit :

— Je ne sais pas encore, en tout cas, suffisamment pour m'enlever du crâne l'image de la petite fracassée dans une baignoire d'hôtel… Sans parler du Turc qui a morflé à votre place, je ne l'ai jamais vu, aucune image de lui ne me hante. C'est une veine…

— Putain, a dit Bernard, t'es fou !

Il s'est mis à crier :

— Et comment t'en es sûr, toi ? Hein ? Que ce n'est pas le Turc ? Hein ? Que c'est nous ? Tu vas tout foutre en l'air pour rien ! La tournée ! Notre tournée… Imagine-toi qu'on ne va pas te laisser faire, il y a trop de pognon en jeu, maintenant, y'a trop d'intérêts qui nous dépassent pour te laisser exprimer ta parano, ton idée fixe… T'es devenu un maniaque, Dumbo, un maniaque. Tu fais ça contre nous, pas pour cette petite… T'es amoureux ? T'avais qu'à la garder pour toi, cette putain de groupie !

J'ai répondu en détachant les mots, froid dans ma tête :

— Vous êtes deux dans ce camion. Je suis un peu abîmé, mais je peux faire de vous de la chair à saucisse… Retire ce que tu viens de dire !

— Je retire, a dit Bernard en haussant les épaules.

— Démarre !

— Putain, il a dit en enclenchant la première.

Elle/aile

Conne. Une heure et demie qu'elle est là. Elle voit l'heure à la grosse pendule crasseuse, au-dessus du comptoir, évidemment… Elle est juste en face d'elle. Elle la regarde pour ne pas regarder les faces de tronche qu'il y a devant, dans ce bar. Il fait sombre. Dehors, c'est vachement lumineux, c'est très beau, ces découpes de soleil sur la terrasse. Y'a des hippies poussiéreux qui boivent du vin, en se regardant de biais, le genre on se connive à mort, on se compréhense à fond.

En fait, elle l'aime bien, ce rade. C'est un peu le bout du monde, de son monde. Elle ne pouvait pas trop imaginer ce que c'était, un bar de province tout normal, comme ça. Chez elle, c'est toujours Carlton et consort, boîte de nuit, les sentencieux du Baccardi-Tonic et les agités du Smurf. Ici, ça pourrait être Ushuaia. Ah ! la ville la plus au sud, la plus loin. Argentine. Chez les Patagons comme des balais. Ici, c'est le bout du monde, le bout du bout, le bout du bout du bout.

Elle a fait l'aller, maintenant, elle va entamer le retour et retrouver ses chers collègues qui doivent se faire un sang d'encre. Elle va leur passer un coup de bigo pour pas qu'ils s'énervent, ça fait quand même plus d'une semaine. Vanna, la produc, il ne faudrait pas qu'elle se cogne un arrêt-tout-le-monde-descend. Pas ça. Sur le dernier film, elle a mis le paquet, l'amour, la peau, les cocotiers, la belle vie, l'émotion, faire pleurer les mémères et ameuter les pépés. Alberto en aurait fait un mélo décalé. L'amerlo fera dans le clip. La mort du premier donne du scandale, du mythe, donc du public. Tout le monde se frottait tellement les mains que le raclement des paumes faisait comme du bruit de billets froissés. Et voilà que l'actrice principale, chérie des foules, disparaît. Loin.

Elle est arrivée jusqu'à Ushuaia et elle repart vers la civilisation. Dès qu'elle aura bu un autre coca. C'est pour la route et le rot. Et puis ces fringues, elle commence à en avoir assez. Le noir lui va si bien, tu parles ! Le tee-shirt, le jeans de cuir, tout ça, c'est bien cinq minutes, c'est peinard pour zoner. Non, elle, ce qu'elle aime, c'est s'habiller luxe. Frou-frou. Et se démerder pour faire le petit truc en plus qui époustoufle... Avoir une robe bustier, par exemple, montrant et moulant la poitrine. Et bâillant légèrement de façon que tous les mateurs voient, quand elle lèvera les bras, le bout rose de ses doudounes. Manque de bol, ça ne leur arrivera jamais, car elle remontera les bonnets, de temps en temps, juste pour dire qu'elle n'est pas dupe. Sexy ? Et ouais. C'est bon, aussi, et c'est à la mode, si la femme redevient un peu esclave sur les bords, elle n'y peut rien. Elle. Pour être féministe, d'abord deux conditions, être super-intelligente et ultra-cultivée, pour pouvoir la clouer aux mecs qui la ramènent. Parce que, y aller du couplet sur nouzotres et se faire aligner, houlà ! Ça les conforte, ces cons. Elle, ce n'est pas la méga-tête, donc elle donne dans le sexy, et ça, ça les coince à mort. Ils bavent. Ils se mélangent les pinglots, les neurones font la nique aux synapses, leur langue fait des nœuds et, comme dit sa copine Véro, celle avec qui elle échange les strings, « on remarque un certain émoi ».

Elle s'aime, bien habillée. Ses yeux noirs, ses lèvres très rouges, les cheveux tirés en arrière et son corps, soit moulé de noir et rouge, soit vaporeux, en blanc, la couleur de sa chair. L'été, sur les bateaux, ou dans les piscines, le string. Elle a un joli derrière, rond, parfait, très légèrement plus renflé que le reste du corps. Par contre, sa poitrine, elle la trouve un peu grosse. On lui dit que non, mais elle aimerait bien être comme

Jane Birkin, plate en haut, dodue du bas. Pour ne sentir qu'un point d'ancrage, parce que ça bouge tout le temps, parce que tout est là, dans la même valise. Houlà, ça l'excite de penser à tout ça. Elle adore se baigner à poil, mais c'est paradoxalement difficile. Les photographes n'attendent que ça et il ne faut pas que la jolie petite actrice devienne illico la reine des Putes. Elle pourrait en profiter, ici, pour aller se baquer nue, dans la rivière, en dessous. Mais, seule, elle angoisse…

Voyons… Qu'est-ce qu'elle va retrouver avec plaisir, là-bas ? Ses copines ?… Bof, à part Véro et Prune. Ses collègues en rigolade. Surtout Prune, c'est la fille d'un médecin. Elle refuse obstinément de se faire embarquer dans les party, c'est pas son monde, elle dit, elle a peur de s'emmerder. Elle a pas mal raison. Alors elles se retrouvent chez elle. Avec Véro, quelquefois. Et elles rigolent de tout, de rien, de tourien, des chatouilles de l'âme, de tout ce qui en fait encore des jeunes filles, c'est-à-dire des morceaux de grâce à deux pattes et en position debout. Debout face au monde, aux hommes et à tous les pouvoirs. Car les jeunes filles ne sont pas du côté du manche. Si l'on peut dire…

Même si elle, Valérie Mosconi, star en herbe, adulée, acidulée, n'ira pas jusqu'au bout. Parce qu'elle a goûté au miel. Au miel de la Reconnaissance des Autres.

Vivre le mieux possible sa belle jeunesse et, après, se caser. Mais elle ne sait pas, l'Amour fera peut-être des siennes et elle enverra tout balader. Mais le plus tard possible. Comme elle ne rencontre que des hommes avec une caméra à la place du citron, y'a peu de chances qu'elle tombe sur l'aventurier prêt à l'embarquer pour l'Amazone, avec son yatagan et ses pataugas velues.

Il fait chaud. Le soleil, dehors, doit taper à mort. Elle va remettre son bibi et ses lunettes, elle va reprendre son sac, il lui reste encore assez de fric pour prendre le train direct vers l'est. Il va quand même falloir qu'elle demande où il y a des cars et à quelle heure. Marcher par cette chaleur… Cinq bornes, comme tout à l'heure, c'est Paris-Dakar. Elle aimerait se laver, elle est toute collante, un peu de sueur, beaucoup de crasse, mais c'est agréable. Elle sent sa poitrine libre, sous le tee-shirt. Elle aime bien ses cheveux courts, ça fait du vent sur la nuque.

Oui, en fait, elle en a assez vu, du monde. C'est pareil. Il faudrait qu'elle aille chez les Papous pour trouver quelque chose de pas pareil. La France est morne. Les gens sont assez laids, en général, pas vraiment laids, éteints. Ce n'est pas étonnant qu'ils soient si intéressés par la vie du grand monde, leur vie semble si lasse. Merde, ils n'ont qu'à faire un effort. Depuis qu'elle s'est barrée, elle n'a pas rencontré quelqu'un d'extraordinaire, quelqu'un qui lui fasse dire qu'elle n'a pas fait tout ça pour rien. Non, ça lui a servi, quand même : elle a beaucoup oublié Alberto et ce genre de trou en elle. Pas la peine, pas la tristesse, le manque, le trou. C'est le mot.

Elle gueule. Toujours avec sa voix rauque. Combien je vous dois ? Vingt francs cinquanteu, con. Elle les allonge sur la table.

Ça y est, elle revient dans sa prison dorée.

Re-moi

À Toulouse, nous avons cherché une pharmacie de garde, pour acheter des sulfamides, de l'alcool à 60° et des pansements. Pendant un court instant, la pharmacienne a cru que je venais pour ma gueule, nettement rassurée quand elle a réalisé que je vivais avec elle depuis toujours. Il n'y a qu'elle que ça rassure vraiment. La blessure n'était pas grave, mais j'avais toujours mal à ma côte.

J'ai vite repris le volant, les deux autres ringards sombrant dans le silence et le sommeil. Et toute la nuit, on a roulé. Lancinemment. Beaucoup de platanes, comme des grilles le long de la route. J'étais abattu de l'âme. Amabattu. Je me suis récité le poème tout le temps et, petit à petit, ma tête a changé, je ne me voyais plus du tout dans ce que j'étais. Boulot stupide, entouré de stupides et de criminels. Stupides. Un morceau du poème me revenait sans cesse à la bouche :

« un forcené et aussi
qu'on voudrait se plier et qu'on est épuisé
de vaciller entre les deux »

Quête idiote. Punir. Infliger. Justice. Je m'étais longtemps battu pour des idées paradoxales de justice, et, pourtant, cette idée si fine, si ténue de vengeance m'avait tenu pendant presque dix jours. Faire payer. Quoi ? Je ne savais plus. Ces imbéciles ne devaient pas s'en sortir si facilement, il fallait de la justice pour qu'ils se rendent compte qu'ils avaient éliminé de la vie quelqu'un qui était plus juste qu'eux. Juste quelqu'un. Juste une justice.

Et puis, qui suis-je, moi, pour exiger une chose pareille ? Les phares du camion balayaient la longue bande grise défilante d'une route absurde où nous nous enfoncions. Par moments, je guettais les visages, les profils de Bernard et Luigi. Et qu'est-ce que je voyais ? Des mecs rapides, énergiques, vivants, à l'image de toute une jeunesse qui se polarisait sur eux. Pas très intelligents, égoïstes, si peu artistes, mais vivants, tournés vers leur avenir, écartant tout sur leur passage. Je pouvais leur nuire, bien sûr, trouver qui, dénoncer, faire moi-même le juge et le bourreau. Et puis après ? Qu'est-ce que j'aurai changé ?

Je me suis subitement rendu compte que je n'arriverais jamais à leur faire cracher un quelconque remords. Une quelconque douleur. Et tout ça, tout, ce camion roulant bêtement dans la nuit, tranchant dans le sombre coton du sommeil du monde, ces deux abrutis perdus dans leur aveugle bon droit, moi, tendu, laid, meurtri, tout ça m'a paru dément. Moi, fou. Oui. Fou : entaché de cette petite nana parce qu'elle n'a pas reculé d'horreur devant ma tache ? Folie de celui qui ne pense qu'à lui, et à ce qu'il attend des autres. Je me suis souvenu de l'Assassinat du Père Noël, un vieux film qui avait terrorisé ma jeunesse, quand le vieux curé nous l'avait projeté, à nous, les louveteaux. Les scouts m'appelaient « Bifteck », bravo la charité chrétienne. Dans ce film, il y avait un type qui cachait, sous un gant, une monstruosité de main. Le jour où il trouve enfin la femme qui l'aime pour lui-même et qui demande à voir sa main, il enlève son gant et une merveilleuse main blanche apparaît. Mise à l'épreuve. Moi, je deviens fou de ne rien pouvoir cacher.

Demain matin, après-demain, un concert, une autre ville, d'autres événements, et moi, au milieu, récitant ce poème d'enfer et me parlant de Suzanne, en parlant aux autres, en les bousculant, en les frappant, jusqu'à ce qu'ils oublient tout de Suzanne pour n'être persuadés que d'une chose : je suis devenu dingue et dingue dangereux.

La nuit noire, devant le camion. Et une lune est apparue, hachurée par les pinèdes défilantes. Et avec elle, la tranquillité du monde. La simplicité.

Alors j'ai pris MA décision.

Et TOUT a changé en moi, devenant plus clair.

*

Au petit matin, nous avons traversé Nîmes, nimbée de bleu et de rose. Dans l'avenue, face à la gare, des milliers de moineaux s'éveillaient, larguant du guano et s'envolant vers des champs plus tièdes. Notre hôtel dominait la vieille ville. Les rues s'animaient, comme une lourde machine se mettant péniblement à agiter ses bielles. J'ai repéré les voitures du groupe, garées pas loin. Ils étaient arrivés avant nous et devaient dormir.

Dans le hall, on nous a donné le numéro de nos chambres respectives. Nous nous sommes quittés sans un mot, sans un regard, exténués par la fatigue et l'incompréhension. Bernard, nerveux, a engueulé un maître d'hôtel.

La chambre était fraîche. Je me suis déshabillé difficilement, pour tenter de refaire mon pansement. On a frappé à la porte : c'était Lucie. Sans un mot, elle m'a aidé à laver la plaie et à remettre le micropore. Puis elle m'a dit que Jack m'attendait dans sa chambre, en compagnie d'Albert. Tiens, il était revenu d'Aix, pour me parler ?

Les longs couloirs de l'hôtel sentaient le calme et le propre, une vague odeur de lavande flottant dans l'air.

En fait, ils étaient tous là, dans la turne de Jack : le groupe au grand complet, Albert et deux costauds que je ne connaissais pas, Lucie. Mes employeurs. Prêts au tribunal du peuple des rockers.

Alors, j'ai pris les devants, je les ai plaqués le premier. On a sa petite fierté. Je leur ai donné ma démission en les traitant d'ordures. Qu'ils se démerdent. Albert, surpris par l'attaque, s'est mélangé les pinceaux et a commencé à me dire que c'était une rupture de contrat, que ça me coûterait très cher. Je lui ai rétorqué que j'attendais avec impatience le tribunal et les journalistes, j'aurais plein de choses à leur dire, notamment que je ne voulais pas me sentir complice.

— Complice de quoi ? a hurlé Jack, qui perdait, dans la colère, son américanisme de bazar.

— Demandez à vos protégés...

Ils m'ont tous regardé, ulcérés, sauf Pat qui n'affichait pas l'air conquérant endossé par les autres. Et Lucie, qui me fixait avec désespoir.

Tant pis pour elle, elle est forte, qu'elle trouve elle-même la force de quitter ce merdier roulant. Et j'ai parlé. Toutes mes phrases sont tombées un peu à plat, mais je l'avais décidé, je partais. Il me fallait trouver un autre job, une autre occupation qui ne me parlât plus de Suzanne.

Je leur ai dit que, dans leur merde, ils avaient une sorte de grandeur : ils protégeaient quelqu'un, ils ne dénonceraient pas et c'était toujours ça. Et puis ils me remplaceraient vite, les gros bras ne manquent pas, dans le Sud. Je regardais les deux gros loulous :

— N'est-ce pas ?

Et j'ai demandé mon solde. En liquide. En contrepartie, je les ai rassurés, j'en avais plus rien à foutre de leur tournée, de leur gloire, du pactole, les couilles en or et cent bâtons, que je ne parlerais plus d'eux, de peur de m'écorcher la bouche.

Albert m'a tendu un chèque.

— Et je vais faire comment, pour le toucher ?

— Démerde-toi, il m'a dit.

Énervé, j'ai haussé les épaules :

— Tu ne m'as pas bien compris, Albert...

Les deux casseurs ont fait un pas en avant. Encore une bagarre ? Encore me servir de ma seule capacité technique ? Non. J'ai aussi décidé, devant leurs gueules d'empeignes, que la bagarre c'était fini. Fini.

— Bon, je me casse, j'ai dit à voix basse. Peut-être que des oreilles attentives écouteront, un jour, les belles histoires que j'ai à raconter…

Lucie me regardait, pensive. Je me suis approché d'elle. Sa stature me paraissait encore plus pleine qu'avant. Je lui ai pris la main et je l'ai embrassée sur la joue :

— Salucie ! j'ai rigolé. On se reverra… Je vais voir… Peut-être sur ta coque de noix…

— J'aimerais bien, m'a-t-elle répondu, la gorge serrée.

Elle a regardé sa montre :

— Une semaine, en gros… Je t'attendrai… Mais je ne retarderai pas mon départ.

— T'as raison, la nouvelle vie n'attend pas…

J'ai appuyé plus fort sur sa paume douce et j'ai tourné le dos.

À tous. Sans un mot, je suis parti.

J'ai repris mon sac, dans ma chambre, tout inquiet de ne pas y dormir.

Dehors, aveugle de soleil, déjà trempé de chaud, j'ai pris un café et je me suis baladé dans Nîmes. Sur la pelouse d'un parc public, j'ai dormi, une heure ou deux. J'ai réfléchi. Avant de repartir sur Paris, avant de retrouver un travail qui voudrait bien de ma différence, après tout, j'avais bien droit à des vacances. Je connaissais le coin. Scout, j'avais passé des jours inouïs dans les gorges du Gardon, pas loin. J'ai acheté une carte IGN.

*

Cela fait quatre nuits que je n'entends plus le vrombissement des baffles de scène, quatre nuits où, allongé dans un duvet, près d'une grotte, je goûte, face aux étoiles, au silence de l'obscurité. Le jour, ce sont les cigales. La nuit, même les grillons se taisent.

Ce soir, le mistral s'est un peu levé, les feuilles de platanes bruissent par à-coups, les buissons d'épineux grincent. Plus bas, le Gard limpide et glacial, vaguement gargouilleux. Pendant la journée, sur les dalles surchauffées par le soleil, nu, je respire, je me chauffe comme un lézard. J'ai construit, devant la grotte, un vague abri avec des canisses, où je mets mon sac et mon duvet, quelques provisions. S'il pleut, je me calfeutre dans la cavité sombre de la grotte, derrière. Je resterai là jusqu'au moment où, rassuré sur ma nature, calme, dispos, chaud, je remonterai vers le nord pour me coltiner avec mon social problématique.

Il y a d'autres gens dans ce coin de Paradis, quelques personnes campant comme moi, dans les Gorges, dans la fournaise, tranquillisés par la présence constante de l'eau. On ne se voit pas, on ne parle pas aux gens qui, nus aussi, passent en canoë. On médite. Sur les dalles de pierre.

Une fois par jour, le matin, je vais au village le plus proche, faire quelques emplettes, lire le journal. Dix kilomètres à pied. Mais, très vite, je reviens entre les grandes falaises, traversant le large bois de platanes, les fourrés de bruyère, suivant des chemins bizarrement sablonneux, montant le long de surplombs rocheux, regardant, de temps en temps, un corps caramélisé glisser dans l'eau verte. Et puis traverser les masses de bambous et se retrouver là, sur les dalles, à suivre, d'un regard acéré, les martins-pêcheurs, à construire d'immenses trimarans en roseau, sans voiles, ne prenant que la vitesse du courant.

À oublier Suzanne.

À se dire que personne ne me regarde, la nudité cachant le reste, le visage. Au village, ils s'y sont habitués. Cet hiver, ils se diront : « Eh ! Con ! Tu te souviens con ? Le monstre, cet été ! Oh con, on dirait qu'il avait de la tapenade sur la gueule, con ! »

Mais ils ne riront pas. En attendant, chaque matin, le gros serveur à rouflaquettes me sert mon triple café noir et mes tartines, me parle du temps, tant qu'il y a du mistral, y'a pas de nuages, chie sur les hippies allemands qui salopent la forêt et me demande où j'habite. Invariablement, je lui réponds, chez des amis, au village voisin.

En buvant le liquide chaud et odorant, je regarde, pendant une heure, avant d'aller m'acheter quelques denrées, la faune présente : de jeunes nordiques, percés de partout, nez, oreilles, jeans, tee-shirt ; des jeunes du coin, venimeux, débarquant de dessus la mobylette à guidon rapproché, le genre à aller voir Bande à Part si ça passe pas loin ; des vieux et des gens de passage, des canoïstes cramoisis, des naturistes satisfaits et de bruyants mimiles. Peu de monde, en tout cas. Des jolies filles, les blondes et sales accompagnant les percés, les brunes et nerveuses accompagnant les mobyletteux. Et la pocharde typique. Et l'immigré hésitant. Et la patronne toute en brushing. Un bar du Sud.

Plus tard, nu sur ma dalle, en voyant le soleil décliner, je penserai à Suzanne. Je penserai à elle au moment où je me dirai qu'il ne faut plus que j'y pense. Que c'est fini, que je n'y peux rien. Plus rien. Que le Turc est mort, et Suzanne est morte, et moi aussi, loin, à l'intérieur, et le monde, aussi, qui s'est tué à cette occasion. Mais je penserai à Suzanne, et je banderai, et, tout con, confus, je me redresserai violemment pour vérifier si personne ne m'a vu ainsi suzanné.

Et, pour me calmer, je me réciterai le poème, « pour ce bleu le plus calme du monde qu'on est rivé à son clou comme un forcené… »

et merde
je me sentirai inextricablement désespéré.

*

La boulangerie était encore fermée, le tabac aussi, carotte éteinte, ses vieilles persiennes de bois écaillé encore mises de traviole. C'était la première fois que je venais si tard au village. Il était presque midi. Il faudrait que j'attende, au café, l'ouverture des magasins. J'allais passer des moments pleins de rien, de tout, d'un certain bonheur, celui de rêvasser sur les chaises en métal de la terrasse, sentir le vent chaud des voitures qui passent, regarder patiemment, hors de toute possibilité de jugement, les hippies qui traînent.

Je suis rentré dans le bar pour commander mon double café quotidien. Rituel moderne et présent.

Elle/aile

Elle a pris son sac, elle se lève, la chaise racle, elle regarde une dernière fois la grosse pendule, avoir fait mille bornes pour un face-à-face avec une toquante ! Il est midi, ça fait deux heures que, conne, elle est là. Elle peut se barrer, hop, un dernier petit coup d'œil au miroir, elle se trouve toujours belle, acide, aiguë. Allez. Arrosoir. À toute allure…

Tiens, y'a un mec qui rentre. Houlà. L'angoisse !

Re-moi

Tout est calme, comme d'habitude, trois ou quatre personnes. Au fond, une jeune fille qui se lève. Une jeune fille brune. Qui me regarde avec de grands yeux. Je me sens passer à travers sa petite frange comme à travers un rideau noir.

Elle/aile

Une tête monstrueuse, une tache de vin ou elle ne sait quoi. Il la regarde, avec son œil triste, acéré, noyé au milieu de la viande comme à vif. Elle ne sait pas ce qui se passe. Son regard enlève l'horreur. Les autres n'y font pas attention, ils doivent le connaître, ce n'est pas un visiteur inattendu.

Allez, tant pis, elle lui sourit. Pourquoi pas, merde.

Il s'est digéré, heu… dirigé vers elle.

Je + je

Je ne sais pas.

Je l'ai regardée et, comme ça, sans réfléchir, je suis allé m'asseoir à sa table. Elle est retombée, avec précaution, sur sa chaise. J'avais devant moi une toute jeune fille. Dix-huit ans ? Brune, les cheveux courts, un chapeau, les lunettes à la main. Un sac en bandoulière sur l'épaule. Me rappelait-elle Suzanne ? Pas vraiment. Mais c'était la première jeune fille que je voyais depuis longtemps, que je voyais réellement. J'ai tout oublié, ma gueule, mes effrois, ma retenue. Il fallait que je dise quelque chose de faux, quelque chose de suffisamment littéraire pour m'en souvenir, pour qu'elle s'en souvienne aussi et advienne que pourra :

— Vous êtes la première jeune fille à qui je parle depuis Suzanne…

Je l'ai vue réfléchir à toute vitesse. Elle aussi cherchait quelque chose de péremptoire. Elle m'a répondu d'une voix rauque, sa tête, de près, me parlant, me disant, m'énonçant :

— Vous correspondez tout à fait à l'idée que je me faisais du bout du monde… Ushuaia…

— Ushuaia ? Le cap Horn ?… C'est vrai qu'ici, c'est un peu Ushuaia…

— Vous êtes la première personne que je rencontre qui connaisse ça, a-t-elle dit, en souriant gravement.

Pour la première fois, ma passion des atlas m'avait servi à quelque chose.

Mon café est arrivé. Je l'ai bu lentement, regardant fixement mon interlocutrice. Sans un mot. Sans détourner le regard. Je la voyais respirer plus rapidement. Elle aussi m'auscultait, me soupesait, refaisant les lignes pures et perdues de mon visage. J'ai mis cinq francs sur la table. Je lui ai pris la main, à ma brune :

— On s'en va, j'ai dit doucement.

*

Je l'ai emmenée le long de la rivière, jusqu'à mon campement. Nous avons bu du vin rosé, à l'ombre, près de la grotte. Le soleil s'enfuyait. Elle semblait nerveuse et fatiguée. Plusieurs fois, je l'ai vue prendre son sac et se lever, pour partir, puis elle le laissait tomber, reniflait et s'asseyait pour boire encore un peu. On parlait de tout et de rien et puis elle m'a demandé qui était

Suzanne. Alors j'ai raconté, sans rien omettre, comme pour me rendre compte, car je m'entendais parfaitement parler, où j'en étais, qu'est-ce que je devenais. Et puis cela ne pouvait être qu'à une jeune fille que je pouvais faire comprendre la vie et la mort d'une autre jeune fille et tout le désespoir qui en découlait.

Elle, seule, saoule déjà, allongée dans la caillasse, m'a dit que la vraie monstruosité était là, dans la disparition d'un corps comme le sien.

L'émotion me transperçait.

Elle a allumé une cigarette et elle a enlevé son tee-shirt. Ses jolis seins blancs ont tremblé au soleil.

Alors, je l'ai reconnue, à cause des épaules, du port du cou, des attaches des épaules. Ça ressemblait trop aux photos d'elle en robe du soir, dans les sauteries de la Jet-Set que les hebdos nous dépeignent en long, en large et en travers. Comme quoi, une certaine nudité est proche de l'habillement le plus luxueux.

— Tu es l'actrice disparue, je viens de m'en rendre compte.

— Et qu'est-ce que tu vas faire ?

— Je vais l'oublier. Je vais me baigner… À tout à l'heure.

— À toute allure, elle a dit en riant.

Clairement

De joie, j'ai senti.

*

Le soir, elle m'a conté sa fugue, avec sa gouaille et ses mots si simples. Une star, je ne savais pas comment ça pouvait penser. Ça pense comme une star, mais sans hauteur ni dépit, sans pouvoir, surtout. Il y avait chez elle la même absence de recul et de distance que dans les contes qu'on lit, adolescent. Elle était actrice, c'est tout. Elle rejoignait Suzanne dans un monde, celui des jeunes filles, un monde inconnu, simple, brillant, néophyte, permanent, bête et cinglant. Souple.

On a mangé un peu, je lui ai prêté mon sac de couchage et je me suis enroulé dans une couverture. Avant de s'endormir, le visage tourné vers le grand ciel clair d'étoiles, elle m'a dit qu'elle repartirait le lendemain, dans l'après-midi, et que c'était bien comme ça.

Moi, j'ai fixé la lune blanche. Suzanne et Valérie, deux corneilles venues de nulle part et repartant dans un autre monde. Ça bouclait de tous les côtés. J'y voyais la fin de cet épisode.

*

Au petit matin, le soleil a commencé à cogner très tôt, annonçant délibérément la fournaise du jour. Valérie a décidé de se baigner pour se laver de la nuit, des jours, du temps. Nous sommes descendus vers la rivière, à travers les buissons et la garrigue.

Nue, elle s'est soigneusement et lentement récurée, pensive. Suzanne au bain, j'ai pensé. Décidément… Puis elle a nagé. Je me suis mis aussi à l'eau et, côte à côte, nous avons tressailli dans l'eau froide. Bleuis par la fraîcheur, nous avons gagné la rive. Sans un mot. Elle a ramassé ses habits et a remonté vers le campement. Je l'ai suivie. Devant moi, son corps se mouvait, courbé dans le raidillon. Le soleil la chauffait et sa peau blanche resplendissait comme un drap lourd. J'ai détourné mon regard : ses hanches étaient trop belles, oui, belles, c'est le mot, quand on a honte de dire autre chose, comme émouvantes ou… Je ne sais plus. Nous sommes arrivés au campement. J'ai disposé ma serviette sur le duvet et je me suis assis face au soleil. J'ai allumé une cigarette, les jambes pliées, les bras reposant sur les genoux.

Valérie, sans un mot, est venue s'asseoir entre mes jambes, regardant dans la même direction. Son dos tout contre. Je tremblais un peu. J'ai aspiré une longue bouffée de fumée grise et chaude et j'ai reposé mon front sur l'arrière de son épaule. Ma tache sur sa peau chaude et diaphane.

Au bout d'un moment, j'ai senti son petit tremblement intérieur. J'ai écrasé ma cigarette et, passant mes mains sous ses bras, j'ai enfermé, dans mes paumes, lentes, ses deux jolis seins.

Avec le regard distancié que l'on a dans ces moments, je me suis vu allant vers l'irrémédiable, avançant vers l'instant où l'on ne réfléchit plus, où l'on se jette l'un vers l'autre. Ce moment, je le sentais venir, à des souffles courts et précipités, à des tressaillements de peau. Très vite, j'ai pensé à Suzanne, je la trompais, je lui rendais un hommage tardif, je l'aimais.

Valérie a penché sa tête en arrière. Ses cheveux courts, taillés à la hâte, ont frotté ma joue difforme. Elle s'est retournée, s'est enfournée dans mes bras et a tendu son visage vers moi. Je l'ai embrassée. Enfin fraîcheur.

Au moment où je l'étendais, où je penchais mon visage vers le sein blanc et doux pointé vers le ciel, au moment où j'allais y poser mes lèvres, un choc m'a séparé d'elle et du rouge est monté vers moi.

Son téton venait d'être arraché. Le sang jaillissait.

Valérie hurla avant de se contracter. Au même instant, j'entendis la détonation.

J'ai vite réagi. J'ai pris Valérie à bras-le-corps et l'ai poussée violemment à l'intérieur de la grotte. Un morceau de rocher explosa tout près de ma tête. Dans l'obscurité de la caverne, à travers les cris de Valérie, j'ai perçu la deuxième détonation.

Ça venait d'en face, de l'autre côté du Gard.

Valérie, nue, à genoux, se pressait, en gémissant, le sein des deux mains. Du sang coulait entre ses doigts. J'ai sorti de mon sac une chemise blanche. Je l'ai déchirée. Ma voix était brisée :

— Presse avec des tampons de tissu. On va se barrer. Il faut trouver un hôpital ou un docteur…

Valérie, hagarde, blanche, me regardait comme si je sortais d'une autre dimension.

— Serre les dents, que t'empêches le sang. Si on sort maintenant, on est morts… On nous tire dessus, on veut nous tuer ! Tu comprends ?

Elle remua la tête, des larmes plein le visage, le corps couvert de sable fin. Elle s'était mise à suer et la poussière se collait sur sa peau.

— Je vais aller les chercher, ces salauds…

— Ne me laisse pas ! hurla-t-elle.

— Je vais aller les chercher. Ils sont venus pour moi, ils vont me trouver.

Rage, rage et rage. Valérie sembla acquiescer.

— C'est notre seule chance, petite fille…

Je me suis habillé à la hâte, avec mes vêtements les plus sombres. Mon tee-shirt noir. Valérie gémissait : le tampon de tissu blanc lui couvrant le sein se teintait de rouge. Son visage blanchissait de plus en plus, elle allait tomber dans les pommes. Je l'ai giflée.

À la sortie de la grotte, j'ai rampé, derrière une dalle, pour attraper le duvet qui était resté dehors. J'en ai profité pour vaguement regarder en face. Que des falaises et de la garrigue verte. Pour les trouver là-dedans, ça va être coton.

— Allonge-toi, j'ai dit à Valérie en lui donnant le duvet. Quand tu te sentiras mieux, tu essaieras de t'habiller. Et quand je reviens, on y va...

Je l'ai embrassée sur le front. Elle était brûlante, mais, paradoxalement, de la sueur glaciale m'est restée sur les lèvres.

— Ce n'est pas très grave. Serre les dents.

Elle a bougé l'épaule pour essayer de me retenir et a hurlé de douleur. Je l'ai calmée de la main.

Je me suis enfoncé dans la noirceur de la grotte, suivant la faille, plus haut. Valérie s'est mise à hurler par à-coups. Il y avait du désespoir total en moi.

Cinquante mètres plus haut, le chemin interne de la grotte débouche sur une autre et minuscule ouverture. Je m'en souvenais, c'étaient des lieux intégralement scouts, des lieux de cache-cache.

On y avait joué à la guerre. Maintenant, c'était pour de vrai.

Devant l'ouverture, il y avait un amas de roches venant d'un couloir d'éboulis situé plus haut, une coulée d'énormes pierres descendant jusqu'à la rivière. Je suis sorti, accroupi, tout à coup inondé de soleil et, en rampant, j'ai pu progresser sans me faire voir. La poussière me sautait au visage, j'ai pu observer un milliard de lézards, de plantes lamentables dérisoirement accrochées aux rochers, comme des mousses piquantes. La pente était raide et j'avançais assez vite, le ventre sur les pierres, la tête en bas, mon tee-shirt s'accrochant aux arêtes des pierres et se déchirant à moitié. J'étais ivre de terre sèche et de sable gris. Derrière un massif de genêts qui joignait deux rochers, j'ai inspecté les environs, à travers le feuillage immobile et brûlant : plus haut, la grotte, œil noir et aveugle. Mon cœur s'est serré en pensant à la petite fille couchée à l'intérieur, une pointe de vie arrachée. Pour elle, une fois de plus, il fallait que j'agisse comme si je devais boucler une histoire. En face, rien : des masses vertes, les plus claires étant des champs de canisses, des rochers et la falaise avec un à-pic d'une quinzaine de mètres de hauteur. J'ai guetté longtemps. Rien. Ils doivent être au moins deux, les tueurs solitaires, c'est dans les romans, quand on tue, même par contrat, j'imagine qu'il faut pouvoir parler, qu'il faut en parler, voire s'en moquer. Je cherchais plusieurs ombres, espérant vaguement au moins en apercevoir une, espace de mort, apparition fugitive d'un instant de danger.

Des crotales perchés, lovés sur des rochers lointains, me guettaient peut-être, moi.

Ils vont bouger. Ils ont des fusils d'assaut, avec lunette sans doute. Donc, ils ont forcément vu qu'ils m'ont manqué. Qu'ils ont blessé Valérie à ma place. Ils attendent que l'on se décide à sortir du trou à rats où l'on s'est réfugié. Mais ils ne doivent pas trop attendre. Quelqu'un d'autre a peut-être entendu les coups de feu. Quelqu'un pourrait se pointer. Alors ils doivent bouger, soit pour finir le travail, soit pour remettre ça à une autre fois. D'ailleurs, ils sont sûrement déjà partis, là-haut, sur la…

J'en vois un. Sous la falaise. Il descend vers le Gard. Il est gris. Je n'ai pas vu la ligne sombre d'un fusil. L'autre doit le couvrir. Il s'en vient finir le boulot, et Valérie toute seule là-haut.

Celui-là, il faut que je le stoppe.

J'ai longé le Gard vers le point où le tueur le traverserait s'il suivait, à peu près, une ligne droite. Face à la grotte, une trentaine de mètres plus loin. Il y avait, devant moi, une masse compacte et ondulante de canisses. Le vent s'était un peu levé, des bribes continues de mistral courbant les pousses jaunes. Accroché à mon jean, mon couteau courbe, celui qui me servait à couper les cordes d'arrimage du camion quand un enflé n'avait pas fait de nœud marin. La piste Hô Chi Minh. Le trip vietnamien. Les Lone Rangers, noirs dans la nuit noire, guettant les trous d'où surgissent, acérés, des bambous fichés dans le sol. Quand ils ne les voient pas, ils les retrouvent cisaillant leurs mollets comme des rasoirs mous. Profitant des mouvements aériens des sommets des bambous, j'ai coupé, en biais, à la base, une canne assez grosse. J'ai tâté le fil du bois coupant. J'ai taillé la tête. J'avais, dans les mains, une sagaie d'un mètre cinquante de long. Détaillant les bords du Gard, j'ai remarqué les dalles désertes, de chaque côté ; un assaillant devrait, tôt ou tard, se découvrir en les traversant. Longtemps, j'ai rampé derrière des arbustes, sur une sorte de dune de sable. Impossible de me voir du haut de la falaise, cachée par de grands platanes jaunes. Dans un buisson, romarin, arrière-goût de lavande, j'ai attendu, sous le soleil, en espérant que personne n'arrive, pas de hippie, de curieux, de touriste : je m'étais installé suffisamment loin pour éviter les gens de passage, mais le bruit des détonations avait pu intéresser des écolos venant engueuler les chasseurs.

Le soleil me tapait sur la tête, mes habits

sombres engrangeaient de la chaleur : j'étais mal, j'avais envie que tout cela finisse, que ça aille vite, que le temps s'accélère. Serrant dans mes mains le bambou, j'ai fixé la rive opposée, de l'autre côté du gué, en pensant très fort au tueur pour le faire apparaître.

Les arbustes ont bougé, plus haut. Puis plus rien. Mais il y avait désormais une présence, une onde d'humain : ce n'était pas le mistral, les branches avaient remué plus faiblement, en sens contraire du vent. Tendu, j'avais des crampes dans les muscles des épaules, des tremblements. Mon cœur s'est mis à battre, le bruit du Gard était régulier, le crépitement des feuilles voilées était régulier, mon pouls était régulier. La mort rôdait, comme dans une arène.

C'était la première fois que j'étais en piste avec la mort, le meurtre, au bout, mais il n'y avait plus de questions à se poser, il y avait le sein arraché d'une jeune fille, plus haut, il y avait des armes, il y avait, en face, plus qu'une détermination : il y avait contrat.

Et moi, faible malgré ma force, armé dérisoirement, je n'avais à y opposer qu'une violence totale, démente. Je suppose qu'il fallait, un jour, que je passe par là. Et j'y étais : le soleil chauffait fort, le Gard coulait lent, les feuilles bougeaient vite.

Et l'adversaire, un homme, est apparu, tel un

chat sortant d'un fourré, souple, grand, en battle-dress, pantalon gris et rangers, les cheveux courts, jeune, sûr de lui. Il a regardé vers le haut, vers la grotte, il y avait une arme scintillante, à la crosse blanche, passée à la ceinture. Il a traversé le Gard en courant juste en face de moi, éclaboussant les rives autour de lui et sautant sur le gravier apparent du gué.

Tout, en moi, s'est arrêté de battre.

Il allait face à sa fin, la gorge m'a serré quand j'ai réalisé que c'étaient ses derniers moments de vie au soleil, avec, autour de lui, cette belle eau, cette douce chaleur, cette finesse de brise. Le fourré épais me protégeait : à deux mètres de moi, il a mis un pied sur la rive. Étant légèrement plus bas, il s'est aidé des deux mains pour agripper les herbes, s'aidant ainsi à grimper sur ma rive. Je me suis levé. Sans un mot. Le bambou en arrière, mes deux mains l'enserrant sans trembler. Une détente, un mouvement racé vers l'avant : le tube acéré, naturel, jaunâtre a traversé la gorge du type avec un couinement. Il m'a regardé, ulcéré, souriant, comme ravi de voir que sa mort avait une tête monstrueuse. Ses mains ont enserré le bois et il est alors tombé en arrière, dans un trou d'eau. Du sang jaillissait de la carotide perforée et le gargouillis de sa gorge s'est ajouté à celui de l'eau folâtre et courante. Je lui ai sauté dessus, j'ai pris le revolver et j'ai couru sur l'autre rive, faisant les mêmes gestes, les mêmes pas, les mêmes éclaboussures que lui auparavant, comme si je lui avais subitement pris son ombre, son double. J'étais devenu un tueur. La vie continuait.

Je me suis retourné : le bambou sortait de l'eau, le corps à moitié immergé se tordait encore légèrement, à la même place. Je me suis enfourné dans la nature. J'ai regardé ma montre : dix-huit minutes s'étaient écoulées depuis le premier coup de feu. L'autre, là-haut, devait commencer à guetter son copain. Il fallait que je fasse vite. J'ai grimpé la colline sans presque respirer, m'appliquant à éviter broussailles et pierres qui roulent. Suant, je me suis abruti dans cette course, attendant, pour le refuser, le moment où je subirais le stress d'avoir tué si proprement. Le moment où je n'en pourrais plus. Je grimpais, soufflant, ahanant, expirant très fort, comme pour me laver l'intérieur.

Me retrouvant très vite sous la falaise, je me suis forcé à m'arrêter, à me cadrer et à penser. En face, loin, le trou sombre de la grotte où Valérie, geignant, peut-être évanouie, regarde avec désespoir le sang rouge couler de son sein blanc. Il me fallait agir vite car elle ne supporterait pas longtemps cette détresse, cette peur. Qui voit son sang… J'ai essayé de repérer par où le premier tueur était passé pour descendre la falaise. De là où j'étais, il y avait deux passages possibles. Choisir au pif et compter sur la chance. J'avais deux minuscules avantages : j'étais maintenant armé et l'autre ne pouvait imaginer que son acolyte gisait, transpercé, dans la rivière, plus bas.

Je me suis donné deux minutes pour écouter. Rien. Il devait être allongé, l'œil collé à la mire du fusil, attendant une apparition dans l'orbite creuse de la grotte où j'étais encore, en principe. Comme une jubilation en moi. Mais je n'ai rien entendu. Alors, j'ai choisi l'une des deux voies. Silencieusement, posant avec précaution les pieds sur les aspérités, j'ai escaladé une faille improbable, menant en haut de la falaise, malade, regardant, stressé, vers le haut, vers le ciel, guettant l'apparition d'un homme qui me déchirerait d'un seul coup de fusil, un seul. J'avais enlevé le cran de sûreté du revolver, un Beretta, pointant le canon vers le haut, vers le bleu profond, vers de légers nuages glissant à toute vitesse dans l'entaille en V de la montagne.

Je suis arrivé en haut de cette sorte de cheminée naturelle. Nulle présence ne m'avait empêché de vivre ma vie ralentie. Me cachant derrière un amas de pierres, j'ai regardé le magnifique paysage. Le mistral sifflait. Aucun autre bruit. À droite ou à gauche ? En face, la grotte, loin, mais à portée de fusil. J'étais à la place d'un hypothétique tueur, mais j'y étais trop tard, il avait déjà tiré deux fois. D'ici, je me rendais compte de la facilité du truc : c'est vrai que c'est facile de tuer de loin. Par procuration. Par l'intermédiaire d'une balle de fusil. Une sorte d'impunité excusant tous les artilleurs et canonniers du monde. Moi, j'étais habitué au contact, à la sensation de mes mains percutant d'autres corps…

Médusé, je regardais la grotte en face. En plein dans cette morbide rêverie. Et puis, tout d'un coup, arrêt du cœur. Silhouette. Valérie, habillée, sortait, affolée, de la grotte. J'ai entendu un claquement de culasse sur ma droite. J'ai couru, sans bruit, sans respirer, sans réfléchir. Valérie, toujours debout, descendait le raidillon menant au Gard, en zigzaguant. Je l'ai vu. Sur le bord de la falaise : un homme, tout de gris vêtu, allongé sur le ventre, un énorme fusil prolongeant sa tête.

— Bouge pas !

J'avais hurlé de haine. Il s'est figé, s'est retourné et m'a regardé horrifié : il n'a pas cru tout de suite à ce qu'il voyait. Il a cru d'abord à un masque, puis il a vu le vrai violet de la vraie peau. Il a observé le Beretta, m'a soupesé, a plissé les yeux et a soupiré. Je lui ai collé le canon derrière le crâne, lui ai arraché le fusil des mains. J'ai poussé l'arme dans le vide. Elle a basculé. Long silence et fracas subit d'acier. Le type ne bougeait plus, inondé de chaleur, perdant de sa force et de sa présence, sans son arme.

— Debout !

Ma voix claquait, énervée, en plein vent. Film Zorro. À en rire. Il s'est redressé. Un gros. Bedonnant, joufflu, l'air d'un gosse malgré ses quarante ans bien tapés. Un ancien militaire, j'ai pensé, un gros mais un coriace. Son polo gris enfoncé dans le pantalon désignait l'absence d'autre arme. Ni sac ni veste : une voiture ne devait pas être loin.

— Les clefs !

Il a fouillé ses poches et m'a lancé, en souriant, un trousseau de clefs. Là, j'ai tiqué, il souriait, me prenait-il pour un simple voleur de voiture ? Pourtant il devait savoir qui j'étais puisqu'il était venu pour me tuer… Mais il s'est mis à suer abondamment, ce qui m'a rassuré. Il crevait de rage. Baisé comme un débutant. Puis il s'est remis à sourire. J'ai vu.

— Ton pote ?… En bas… Dans l'eau…

Et j'ai fait le signe du rasoir sur la gorge. Il s'est arrêté de rire…

— Quelle voiture ? Où ?

Le type a haussé les épaules.

— C'est ça ou le grand saut derrière…

Je ne pouvais pas m'empêcher, dans ma haine, dans la joie de la prochaine victoire, d'avoir ces phrases courtes, mythiques, hachées C'est comme ça, ça sortait comme ça. Impossible de faire de la grammaire

Il a parlé. Il avait une voix haut perchée, comme celle d'une haute-contre. Ou bien c'était la peur :

— Au village… Une Golf. Blanche.

Le moment était venu : calmement, j'ai posé le revolver sur un rocher, derrière moi. Je me suis approché du type. Même ma tache devait blanchir.

— Défends-toi, j'ai dit.

Il a immédiatement pris une position de close-combat. La Légion, j'ai pensé. Mais j'ai noté le manque d'assise, le genou mal plié : l'entraînement était loin, émoussé par des litres de bière tiède. J'ai pris la position contraire, créant un déséquilibre dans son attaque… s'il attaquait. Mais les réflexes ne jouaient pas et son poing fermé, paume en l'air, partait à peine quand le bout ferré de ma chaussure lui a cassé le genou gauche. Sa lèvre s'est tordue quand son bras s'est enfoncé dans le beau vide venteux devant lui.

— Salut Suzanne ! j'ai dit.

J'ai esquissé deux atémis au ventre. Il a paradé avec retardement. Mon coude s'est élevé, de biais, et l'a cueilli en travers du visage. Au ralenti, il a basculé, soupirant, a essayé de se redresser, sa jambe gauche ne le portait plus, le vide lui a servi de hamac aérien.

Il s'est tué trente mètres plus bas.

Je l'ai observé, lui qui ne voyait pas Valérie courir, plus loin, près de la chute d'eau, courir vers des baigneurs qui se précipitaient vers elle, des gens qui allaient se mettre en quatre pour l'amener à l'hôpital le plus proche.

J'ai observé ce tueur, disloqué sur un lit de pierres blanches et je lui ai fait cadeau d'une piètre épitaphe, un peu de poésie, comme si Suzanne avait jeté un peu de sens sur son cercueil :

« C'est peut-être pour ce bleu réconcilié qu'elle est assise tranquille

comme une image comme

une pêche ouverte… »

J'ai récupéré le revolver.

Je suis redescendu par la faille. Difficilement.

Mes jambes cotonnaient.

Définitivement

Je suis revenu récupérer mes affaires dans la grotte. En traversant le Gard transparent, j'ai à peine regardé le corps trempé et hérissé d'un bambou. Ce n'était pas deux trous rouges au côté droit, c'était une hampe jaune clair fichée dans une gorge.

Là-haut, dans la grotte, il y avait du sang partout sur le sable. Mais la petite fille avait trouvé de l'aide, et ces traces paraissaient de ce fait moins sinistres, moins empreintes de douleur.

Je suis reparti par le flanc de la falaise, pour essayer d'arriver au village avant tout le monde, avant Valérie et ses occasionnels sauveteurs. Je suis passé de l'autre côté du Gard. Pour vérifier : il y a une route et un parking naturel sur une grève. La Golf blanche, je n'y croyais pas trop, mais il me fallait une voiture et les deux tueurs n'avaient pas pu venir à pied.

Il me fallait une voiture, on m'avait envoyé

des tueurs et des gens allaient payer pour le meurtre de Suzanne, le mien, celui de Valérie. Trop de sang pour une gloire dérisoire et un espoir de royalties. Il me fallait une voiture.

Une sorte de crau s'évasait sur une courbe du fleuve. Quelques véhicules : des combis VW, ceux des hippies allemands, une 4L, une Golf décapotable noire. Une 604 gris métallisé garée un peu plus loin. C'était elle, évidemment. Désignée comme solide, rapide, confortable.

J'ai essayé les clefs : la portière s'est ouverte sur la fournaise intérieure et le cuir brûlant des sièges. Le tueur était donc mort menteur. L'enfer, pour lui, dans la sixième bolge. J'ai ouvert le coffre : une petite valise avec des vêtements, un cric, deux bouteilles de Scotch. J'ai refermé sans rien toucher. Dans la boîte à gants, deux paquets de cigarettes, des cartes routières, un certificat de graissage d'un garage de Marseille, la carte grise du véhicule. Une voiture de location, LOCAVOIT, Avignon, un reçu au nom de Jacques Rocher.

J'ai démarré en faisant patiner les roues sur la pierraille. J'ai conduit doucement sur le chemin cahoteux longeant le fleuve et j'ai débouché sur Collias.

Il y avait de l'agitation dedans et autour du café : des gens, surexcités, criaient. J'ai pris la direction de Nîmes en traversant le pont. Une ambulance arrivait à fond de train, phares allumés, tous gyrophares tournoyants. La vie. La vie pour Valérie ; elle repartait dare-dare vers son monde. On allait la questionner. À elle de jouer, à elle de ne pas me perdre, je ne savais pas comment, mais je lui faisais confiance. Énormément. La même confiance qu'elle avait eue en moi, donnant ses lèvres à un monstre, offrant ses légers seins blancs, un après-midi, dans les gorges du Gardon, à un inconnu, tellement loin de tout.

Un peu plus loin, deux estafettes de gendarmerie déboulaient la petite route de montagne. À l'intérieur, les képis de travers, les pandores filaient vers la gloire : ils avaient retrouvé la jolie disparue. La voiture du *Midi-Libre* suivrait de peu...

Mais j'en avais plus rien à tordre. Tout ça, c'était de la vie, du bonheur, du rassurant. Moi, je roulais, je m'enfonçais pertinemment dans du malheur, dans de la mort, dans de l'absurde vengeance, vers cinq jeunes rockers, vers un manager, vers un producteur, peut-être plus haut, vers une société, un groupe, une multinationale. Ça aurait pu être un État, je m'en foutais, je fonçais, je m'enfonçais, je profitais de cette énergie noire qui me balayait le corps, en haut en bas, de droite à gauche, de devant en arrière.

Folie. Rage. Folirage.

*

À Avignon, il y avait encore, sur les murs, les traces des deux concerts de Bande à Part, des immenses affiches noir et rouge. De revoir les visages frimeurs, glacés, poseurs de Pat et des autres m'a sidéré : leurs yeux me regardaient, moi qui allais vers eux, qui essayais de les rejoindre pour leur faire passer le goût du pain. Comme s'ils m'attendaient, comme si, désormais, ils ne pensaient qu'à moi. Ils avaient cru qu'ils pouvaient m'anéantir en faisant faire le sale boulot par des spécialistes à la petite semaine, recrutés dans un bar marseillais, ou dans les rangs de services d'ordre véreux. Des copains de copains. Des nuls. Heureusement. Sinon, je reposerais ma joue malade sur de la glaise humide.

J'ai pris l'autoroute de Marseille, bien décidé d'aller jusqu'à Aix. Là, j'y laisserais la voiture, facilement repérable dès qu'ils trouveraient les cadavres des deux similis baignant et reposant dans l'eau fraîche. Mais, avant ça, pas de panique, j'avais suffisamment de temps.

L'après-midi chaude gondolait encore les visions issues du macadam. Ah ! Quelles terribles cinq heures du soir ! aurait dit mon frère préféré. La voiture roulait bien, silencieuse.

luxueuse. Le plein d'essence avait été fait, les tueurs envisageant une longue fuite, pour disséminer des traces éventuelles et ne laisser qu'un relent nauséabond autour de nos deux corps nus, putréfiés dans une grotte sablonneuse.

Je me sentais en même temps nerveux et tranquille, traversant cette Provence verte et jaune poussiéreuse.

J'ai quitté l'autoroute pour prendre la N 7. Peut-être que je voulais renouer avec mon ancien travail, puisque je rejoignais le groupe. Le long de la route, les garages déglingués, entourés de cyprès, les lotissements du Sud, faux mas avec piscines en béton, les champs de cardes et de tomates, les camions soulevant du sable sale, des prostituées encuirées, poussiéreuses elles aussi, recouvertes petit à petit par la cendre des esprits ambiants. Je roulais vite, avalant la signalisation toute neuve, doublant en douceur les semi-remorques et les caravanes. La vitre à demi baissée laissait passer le souffle continu du vent et les chuintements poussifs des autres véhicules. Un air chaud me caressait la tache, mon visage se faisait, se refaisait, se défaisait dans la vitesse. Mon esprit vaquait. J'ai pensé qu'en hiver la nuit serait déjà tombée.

Là, une permanence de tons ocre m'accompagnait dans ma descente.

Je me suis arrêté à Aix. J'ai abandonné la voiture le long d'une petite rue écartée.

J'ai marché dans une ville sombre, nerveuse, fraîche. Tous les marcheurs des villes, les promeneurs, se dirigeaient, aimantés, vers une grande avenue bordée de gigantesques platanes. Des bars, des terrasses, du beau monde, des peuples qui se montrent et qui matent, des garçons habillés à l'ancienne qui distribuent des citrons pressés, la hargne à la commissure des lèvres, regardant ces consommateurs qui les commandent, les payent et les congédient.

Je me suis assis sur un banc, dans l'ombre du soir. Il ne fallait pas que le spectacle de mon visage viandeux ne coupât l'appétit à cette population insouciante, vacancée, claquante. J'ai tout observé, tout, rien, de petites choses, des drames insoupçonnés, la claque qui arrive, méchante, dans la gueule du moutard qui traîne, le rire ventral de l'adolescente qui se fait embarquer sur la mobylette de son marlou, le mimile qui se fait engueuler par sa grosse parce qu'il a renversé son vin chaud, les deux homos qui ne se parlent plus, l'un regardant les militaires qui passent, les couples où le mec la boit, sa nana, et la tripote, le flic qui, sans son flingue, mesurerait cinq centimètres de moins, les touristes qui parlent fort, sûrs de ne pas être compris, les intellos du coin qui se frisent les tifs, bref, du spectacle, de la marchandise, de l'import-export, je te donne tu me prends. J'ai eu un coup de pompe, comme si tout ce monde factice me retombait dessus. Là-bas, à Collias, au bord d'une eau glacée, le monde avait disparu, ou, plutôt, l'eau courante avait lavé les plaies de la pourriture sociale. Ici, c'était la vitrine figée, ridicule, bronzée du Bon Marché qui se tenait devant moi. Mieux qu'un claque. Je me suis touché le visage, presque content d'être difforme et monstrueux, au moins je ne ressemblais pas à ça, même si, dans l'immuable vengeance que je projetais, je les imitais un peu.

Dépité par la Grande Connerie, par Ma Bassesse, je me suis levé, lavé, lové dans mon antre noire. J'ai descendu la grande avenue comme un zombi, cherchant à percuter les promeneurs qui ne s'écartaient pas assez vite. Pas de problème : à ma vue, à la vue de mon look d'éléphant pas fini, les gens faisaient un écart. Si, au moins, cet écart, ce pas de côté, avait pu les sortir de leur gangue puante…

Près de la gare, j'ai trouvé une chambre d'hôtel, percaline bleue sur papier légèrement mauve, parfum lavande. Je me suis passé la tête sous le robinet. Je ne me souviens plus du trajet entre la salle de bains et le grand lit impersonnel.

Des piaillements de moineaux et un claquement de volet m'ont réveillé. Neuf heures à ma montre, goût de charbon dans la bouche. Abruti, j'ai commandé un café noir et une brioche. Fermant les yeux, je me suis senti, je me suis observé. Ratée, la décontraction. J'étais nerveux, rageur, fébrile, impatient. Pas loin, dans une villa somptueuse, un groupe de rock and roll fêtait sa fin de tournée, avec des magnats du commerce, des shoguns du shobiz, oubliant ce qu'il avait laissé derrière lui, une petite fille morte, des bagarres et du sang, deux tueurs, une poitrine perforée. Je devais aller les surprendre dans leur bonheur injuste, et leur imposer ma vie, ma présence, pour qu'ils sentent, d'eux-mêmes, leur proche fin. Leur terminaison. L'arrêt de leurs illusions de petits-bourgeois névrotiques. Pour qu'ils reconnaissent leur erreur, l'avouent, et la PAYENT.

Ça, j'en étais sûr.

Le café était noir et brûlant, délicieux, légèrement amer. J'ai remis les vêtements sales qui m'accompagnent depuis Collias. Je tenais à les garder, comme s'ils se portaient garants de l'aboutissement de mes actes, comme s'ils me rappelaient à l'ordre, comme s'ils me guidaient.

Dans le hall, sur un bottin, j'ai cherché l'adresse d'Albert, sa villa. J'ai vite trouvé, un type comme ça ne se cache pas mais se montre, épate, signale sa richesse et sa morgue. Je me suis renseigné auprès du portier : stylé et imperturbable, le portier, il m'a tuyauté comme s'il avait Alain Delon devant lui. La villa se trouvait sur les pentes de la Sainte-Victoire. Impénétrable, il m'a dit comment y aller, avec le sourire ravi du spectacle de la beauté. Je n'étais qu'un client.

J'ai loué une voiture, une R5 noire comme un corbillard. J'ai laissé le chèque d'Albert en caution, ce chèque c'était comme un passeport diplomatique. Connu dans la région, Albert. Et puis je voulais laisser une trace, la mienne, mon nom, pour être sûr de ne pas agir comme un quelconque malfrat. Il y avait de la préméditation.

Et puis, moi, passer inaperçu…

Sans compter sur les détails qu'a pu donner la Princesse… Je me suis redonné du courage : je me suis récité le poème. En entier. Et quand j'ai martelé, dans ma tête : « … elle essayait d'être Suzanne un peu mais à peine sur les deux centimètres d'une broche laide c'était comme d'être insolente en désespoir de cause… », j'avais les larmes aux yeux.

*

Au fond de la route, face à la voiture, la Montagne de la Sainte-Victoire, grise sous le soleil, avec ses plaies rouges. J'ai laissé la voiture au village de Beaurecueil. Il faisait une touffeur pas croyable. Pas de vent. Les cigales semblaient elles-mêmes griller. Un silence écrasé et impitoyable. J'ai laissé le sac dans la R5. Sous mon tee-shirt, chaud, présent, le revolver. Aurais-je à m'en servir ? Je ne savais pas. Peut-être. Je ne voulais pas m'en séparer, car c'étaient eux qui me l'avaient envoyée, cette arme, avec deux tueurs minables qui n'avaient même pas pu s'en servir pour dégommer un pauvre roadie rôdeur.

L'asphalte de la nationale fondait sur les bordures. Après la dernière maison du village, un petit chemin carrossable partait, sur la droite, à travers un champ d'oliviers. Une pancarte : Villa Camaïeu. C'était là. Prudent, j'ai quitté le chemin et je me suis avancé dans les herbes hautes, mes chaussures usées fauchant le chaume craquant. La villa était ceinturée par un mur de pierres ocre hérissées de magnifiques agaves qui ressemblaient à des explosions vertes et muettes. Un lourd portail de bois, ouvert, donnait sur une allée de gravier blanc qui s'enfonçait dans un bois de pins nains. La classe. La Richesse. J'ai continué à marcher à couvert, sur un tapis d'aiguilles crissantes.

Devant la villa, une énorme bâtisse jaune, aux fenêtres de verre fumé, il y avait trois voitures, dont la Range Rover d'Albert. J'ai fait le tour des bâtiments, avec précaution, sans bruit. Aucun son, la torpeur, l'heure de la sieste. J'entendais vaguement le clapotis caractéristique de l'eau enfermée dans une piscine, sur la droite. Traversant un rideau de cyprès, je suis allé voir. Cerné par un gazon d'un vert intense, il y avait un grand rectangle d'eau bleue, entourée de faïence rosée. Un grand parasol d'un jaune criard. Toutes ces couleurs, je les remarquais une à une, car c'était de la vie, de la joie, là où je ne voulais pas, mais vraiment pas qu'il y en ait. C'était aussi les teintes du fric, du mauvais goût, de l'autosatisfaction.

Toujours sous les pins, je me suis figé : il n'y avait qu'une personne, dans la piscine. Tina. Nue

Son petit corps nerveux et ruisselant glissait le long des berges roses, nageant une brasse coulée, lente et calme. Le hasard me faisait peur. Tina était la seule que je n'avais pas coincée, interrogée, torturée. Était-ce elle ? J'eus mal, à cette pensée, comme si l'horreur était décuplée par le sexe, ça ne concordait pas, une femme ne pouvait pas donner la mort à une autre femme.

Mais avec un peu plus de chance et d'amour, Suzanne aurait pu, elle aussi, ondoyer, nue, dans cet Hollywood aqueux, avec ses vêtements entassés sur le carrelage, la petite broche clignotante posée dessus

Je suis sorti en pleine lumière

Tina m'a vu, a pris peur, mais s'est vite calmée et a nagé vers moi. S'appuyant sur le rebord, elle me regardait avancer en souriant. Un peu. Ses petits seins clapotaient au niveau de l'eau, ils étaient vivants, eux, pas comme ceux de Suzanne, ils étaient entiers, eux, pas comme ceux de Valérie.

Je devais avoir toute cette rage sur mon visage car Tina a retraversé sur le dos la largeur de la piscine, pour m'échapper. J'ai sorti le revolver qui s'est mis à pendre négligemment le long de mon bras tremblant.

Il y avait un transat, avec un journal posé sur la toile. Une première page, avec un titre énorme : « Valérie Mosconi échappe de peu à la mort. »

J'étais loin de tout ça, mais, debout, en plein soleil, j'ai pris les feuilles et j'ai lu, terrifié, malade, l'article sur la première. Je sentais Tina, tendue, qui nageait d'un bras, l'autre s'appuyant sur le rebord.

L'article parlait de Valérie, retrouvée enfin, blessée, dans le Gard. Elle avait parlé : des tueurs avaient essayé de l'abattre. On les avait retrouvés, morts, un peu plus loin. Deux malfrats du milieu niçois, avec des photos d'elle sur eux. Valérie déclarait les avoir semés pendant dix jours et que, là, elle avait rencontré un jeune homme, très beau, les yeux noirs, la peau très blanche, et que c'était ce compagnon de hasard qui l'avait sûrement débarrassée des tueurs... L'article continuait sur le nouvel éclairage que cela jetait sur la mort du metteur en scène... J'étais ému, soulagé. Valérie vivait et avait pensé à moi, peut-être qu'elle n'avait pas beaucoup menti et qu'elle m'avait vraiment trouvé beau.

Les tueurs n'étaient pas venus pour moi.

Qui étais-je vraiment pour avoir cru ça ? Je n'étais qu'un misérable roadie, une merde, une poussière. Là, surchauffé, suant, au bord de cette lumineuse piscine, je me retrouvais quantité négligeable. On n'avait pas voulu me supprimer, je ne représentais aucun véritable danger. Pour personne. Les autres, tous les autres devaient être innocents. Ou sûrs d'eux-mêmes. Tina s'est approchée, en nageant doucement. J'ai posé le revolver par terre et je me suis agenouillé. J'ai trempé ma tête dans l'eau javellisée. Je me suis redressé, dégoulinant, Tina me regardait avec intensité.

— Toujours après la petite groupie ? demanda-t-elle, acerbe, en détaillant le revolver.

Je la fixai sans répondre.

— Pauvre con... ajouta-t-elle.

— Fais gaffe, Tina...

— Pauvre con, t'as rien compris... Ta Suzanne, maintenant, je peux te le dire... Ta

Suzanne, personne n'en voulait, à l'hôtel… Elle était là à se coller à n'importe qui. Ils étaient trop pétés et puis… elle était trop jeune, peut-être… trop nulle… T'entends ? NULLE ! Alors, c'est Lucie qui s'en est chargée. Lucie, elle est homo… T'as rien compris, t'as même pas compris ça… Tout est trop bien réglé pour toi, les salauds sont des salauds et basta… Tu parles… La petite, quand elle a vu les grosses paluches de Lucie sur elle, elle s'est rebiffée et a traité l'autre de grosse vache, ou quelque chose comme ça. Lucie l'a frappée. La gosse était camée… Ça c'est de notre faute, s'il y a faute, là-dedans… Lucie, elle ne connaît pas sa force. La gosse est tombée. Rideau. Arrêt du cœur, je ne sais pas moi, j'suis pas docteur. Lucie m'a regardée, en larmes, elle l'a chargée sur son épaule. Elle m'a conseillé de la fermer…

— Et pourquoi t'as jamais rien dit ?

J'avais la voix de fausset caractéristique des tripes serrées, de la honte, du trouble, de la rage.

— Parce que je suis une rockeuse, une camée, tout ce que tu peux imaginer ou croire, je m'en fous, mais je ne suis pas une donneuse.

Je l'ai regardée, tout ondulante dans l'eau bleue. Elle levait vers moi sa frimousse trempée, elle me fixait dans les yeux et, malgré l'eau qui lui coulait sur les paupières, elle ne cillait pas.

— Et je suis une femme, Dumbo… Comprends au moins ça..

Sonné, je me suis relevé. J'ai vu, longtemps, au loin, les collines bleutées. J'ai écouté le manque de vent. J'ai frissonné de chaleur sur ma tête. J'ai perçu la nage lente de Tina, qui fendait l'eau lourde, s'éloignant de moi, me laissant à ma détresse.

Lucie…

J'ai regardé ma montre, appuyant sur le petit bouton qui fait apparaître les jours. Lucie hissait déjà les voiles, Lucie était prête à partir.

Lucie…

Déjà un autre

J'ai roulé toute la nuit, comme un fou, sans penser. Sans desserrer les dents.

C'était trop dur. Lucie.

J'ai traversé la France en biais, me jouant des autoroutes et des nationales, à toute allure, trouant la nuit, cherchant l'Ouest, avalant les bandes blanches, cisaillant les tournants.

Je suis arrivé à Quiberon dix minutes avant le départ du bateau. Pendant la traversée vers Belle-Île, immobile dans le matin clair, j'ai regardé de toutes mes forces cette langue de terre qui grossissait petit à petit en pensant : Lucie, salope, attends !

J'ai pénétré le village de Sauzon, dans le nord de l'île, comme un coin dans une bille de bois. La marée était haute. J'ai freiné juste au bout de la petite jetée, sous le minuscule phare immaculé. La voiture était brûlante, porte ouverte. Moi, j'étais en plein vent, regardant le large. Et le joli bateau qui s'en allait, deux cents mètres plus loin. Avec la silhouette sombre, à côté du mât. Et la brise qui amenait des odeurs de croissant beurré.

Et j'ai jeté le revolver dans le port.

Et j'ai sorti le poème de ma poche.

Et je l'ai déchiré.

LE POÈME CITÉ DANS LE RÉCIT
EST DE MARYLINE DESBIOLLES

La rue est comme une maison
où il fait un peu plus froid et c'est tout

des fois les femmes y vont comme les oiseaux
elles mettent des peignes dans leurs cheveux
elles portent des bijoux lourds qui les tiennent
à la terre celle-là
était tout en cheveux sans rien pour la lier elle
n'en bougeait pas
pas même un fil autour du cou comme font les
petites filles en manière de collier elle n'en
bougeait pas les mains sur les genoux
aussi pesante qu'une statue je m'en souviens au
fond de l'allée la figure à demi mangée de
mousse mauve c'est alors seulement qu'on
l'avait regardée seulement ainsi souillée
comme si le côté lisse s'était fait une âme à se
défaire de la lie de vin

les mains sur les genoux
aussi pesante que de n'être pas
encore qu'elle avait à sa chemise une broche de pacotille où était gravé qu'elle s'appelait Suzanne
elle essayait d'être Suzanne un peu mais à peine sur les deux centimètres d'une broche laide c'était comme d'être insolente en désespoir de cause
Suzanne avait l'élégance de sa maladresse
et les mains potelées de toute jeune fille les ongles courts
par-dessus tout le ciel est bleu tendre du ciel après la pluie
c'est peut-être pour ce bleu réconcilié qu'elle est assise tranquille comme une image comme
une pêche ouverte
pour ce bleu le plus calme du monde qu'on est rivé à son clou comme un forcené et aussi
qu'on voudrait se plier et qu'on est épuisé
de vaciller entre les deux

la rue est une maison
elle y est simplement plus petite encore
et ses cheveux plus noirs comme si de s'effacer la rendait aussi plus aiguë
nous allons entre
les murs en eau

grisés un peu par notre allure haute et vive
comme si d'aller menait
comme si jusqu'à la lumière nous était soumise
(ainsi une robe à la taille)
comment dire comme si on était infusé de lumière
peut-être
la route est longue encore de se laisser aller

DU MÊME AUTEUR

Aux Éditions Gallimard

Dans la collection Série Noire

NOUS AVONS BRÛLÉ UNE SAINTE, n° 1968 (Folio Policier n° 234)

SUZANNE ET LES RINGARDS, n° 2013 (Folio Policier n° 184)

LA PÊCHE AUX ANGES, n° 2042

L'HOMME À L'OREILLE CROQUÉE, n° 2098 (Folio Policier n° 25)

LA CLEF DES MENSONGES, n° 2161

LE CINÉMA DE PAPA, n° 2199

LA BELLE DE FONTENAY, n° 2290 (Folio Policier n° 76)

RN 86, n° 2377 (Folio Policier n° 5)

LARCHMÜTZ 5632, n° 2532 (Folio Policier n° 193)

LES ROUBIGNOLES DU DESTIN, n° 2616 (Folio Policier n° 328)

H4 BLUES, n° 2680 (Folio Policier n° 367)

LE ROUGE ET LE VERT, n° 2731

Dans la collection Folio Policier

SPINOZA ENCULE HEGEL, n° 127

À SEC ! SPINOZA, LE RETOUR, n° 149

LA CHASSE AU TATOU DANS LA PAMPA ARGENTINE, n° 381

Chez d'autres éditeurs

Dernières parutions

EN HAUT DUMAS, Éden, Noir Prestige

SUR LE QUAI, Terre de brume, Granit Noir

COMME JEU, DES SENTIERS, Liber Niger

Co-écrit avec Patrick Raynal

LA FARCE DU DESTIN, Les contrebandiers éditeurs

THE FARCE OF THE DESTIN, Les contrebandiers éditeurs

COLLECTION FOLIO POLICIER

Dernières parutions

90.	Georges Simenon	*Les inconnus dans la maison*
91.	Stephen Humphrey Bogart	*Le remake*
92.	Mark McShane	*Les écorchés*
93.	Boileau-Narcejac	*Terminus*
94.	Jerome Charyn	*Les filles de Maria*
95.	Robin Cook	*Il est mort les yeux ouverts*
96.	Georges Simenon	*L'homme qui regardait passer les trains*
97.	Georges Simenon	*Touriste de bananes*
98.	Georges Simenon	*La vérité sur Bébé Donge*
99.	Georges Simenon	*Le cercle des Mahé*
100.	Georges Simenon	*Ceux de la soif*
101.	Georges Simenon	*Coup de vague*
102.	Boileau-Narcejac	*Carte vermeil*
103.	Boileau-Narcejac	*Celle qui n'était plus*
104.	Boileau-Narcejac	*J'ai été un fantôme*
105.	Chester Himes	*L'aveugle au pistolet*
106.	Thierry Jonquet	*La Bête et la Belle*
107.	Pierre Magnan	*Le secret des Andrônes*
108.	Pierre Magnan	*La folie Forcalquier*
109.	Pierre Magnan	*Le sang des Atrides*
110.	Georges Simenon	*Le bourgmestre de Furnes*
111.	Georges Simenon	*Le voyageur de la Toussaint*
112.	Jean-Patrick Manchette	*Nada*
113.	James Ross	*Une poire pour la soif*
114.	Joseph Bialot	*Le salon du prêt-à-saigner*
115.	William Irish	*J'ai épousé une ombre*
117.	Horace McCoy	*On achève bien les chevaux*
119.	Thierry Jonquet	*Mémoire en cage*
120.	John Sandford	*Froid aux yeux*
121.	Jean-Patrick Manchette	*Que d'os !*
122.	James M. Cain	*Le facteur sonne toujours deux fois*

123.	Raymond Chandler	*Adieu, ma jolie*
124.	Pascale Fonteneau	*La puissance du désordre*
125.	Sylvie Granotier	*Courier posthume*
126.	Yasmina Khadra	*Morituri*
127.	Jean-Bernard Pouy	*Spinoza encule Hegel*
128.	Patrick Raynal	*Nice 42ᵉ rue*
129.	Jean-Jacques Reboux	*Le massacre des innocents*
130.	Robin Cook	*Les mois d'avril sont meurtriers*
131.	Didier Daeninckx	*Play-back*
133.	Pierre Magnan	*Les secrets de Laviolette*
134.	Georges Simenon	*La Marie du port*
135.	Bernhard Schlink/ Walter Popp	*Brouillard sur Mannheim*
136.	Donald Westlake	*Château en Esbroufe*
137.	Hervé Jaouen	*Hôpital souterrain*
138.	Raymond Chandler	*La dame du lac*
139.	David Goodis	*L'allumette facile*
140.	Georges Simenon	*Le testament Donadieu*
141.	Charles Williams	*La mare aux diams*
142.	Boileau-Narcejac	*La main passe*
143.	Robert Littell	*Ombres rouges*
144.	Ray Ring	*Arizona Kiss*
145.	Gérard Delteil	*Balles de charité*
146.	Robert L. Pike	*Tout le monde au bain*
147.	Rolo Diez	*L'effet tequila*
148.	Yasmina Khadra	*Double blanc*
149.	Jean-Bernard Pouy	*À sec*
150.	Jean-Jacques Reboux	*Poste mortem*
151.	Pascale Fonteneau	*Confidences sur l'escalier*
152.	Patrick Raynal	*La clef de Seize*
153.	A.D.G.	*Pour venger pépère*
154.	James Crumley	*Les serpents de la frontière*
155.	Ian Rankin	*Le carnet noir*
156.	Louis C. Thomas	*Une femme de trop*
157.	Robert Littell	*Les enfants d'Abraham*
158.	Georges Simenon	*Faubourg*
159.	Georges Simenon	*Les trois crimes de mes amis*
160.	Georges Simenon	*Le rapport du gendarme*
161.	Stéphanie Benson	*Une chauve-souris dans le grenier*
162.	Pierre Siniac	*Reflets changeants sur mare de sang*

163. Nick Tosches *La religion des ratés*
164. Frédéric H. Fajardie *Après la pluie*
165. Matti Yrjänä Joensuu *Harjunpää et le fils du policier*
166. Yasmina Khadra *L'automne des chimères*
167. Georges Simenon *La Marie du Port*
168. Jean-Jacques Reboux *Fondu au noir*
169. Dashiell Hammett *Le sac de Couffignal*
170. Sébastien Japrisot *Adieu l'ami*
171. A.D.G. *Notre frère qui êtes odieux...*
172. William Hjortsberg *Nevermore*
173. Gérard Delteil *Riot gun*
174. Craig Holden *Route pour l'enfer*
175. Nick Tosches *Trinités*
176. Fédéric H. Fajardie *Clause de style*
177. Alain Page *Tchao pantin*
178. Harry Crews *La foire aux serpents*
179. Stéphanie Benson *Un singe sur le dos*
180. Lawrence Block *Un danse aux abattoirs*
181. Georges Simenon *Les sœurs Lacroix*
182. Georges Simenon *Le Cheval Blanc*
183. Albert Simonin *Touchez pas au grisbi !*
184. Jean-Bernard Pouy *Suzanne et les ringards*
185. Pierre Siniac *Les monte-en-l'air sont là !*
186. Robert Stone *Les guerriers de l'enfer*
187. Sylvie Granotier *Sueurs chaudes*
188. Boileau-Narcejac *... Et mon tout est un homme*
189. A.D.G. *On n'est pas des chiens*
190. Jean Amila *Le Boucher des hurlus*
191. Robert Sims Reid *Cupide*
192. Max Allan Collins *La mort est sans remède*
193. Jean-Bernard Pouy *Larchmütz 5632*
194. Jean-Claude Izzo *Total Khéops*
195. Jean-Claude Izzo *Chourmo*
196. Jean-Claude Izzo *Solea*
197. Tom Topor *L'orchestre des ombres*
198. Pierre Magnan *Le tombeau d'Hélios*
199. Thierry Jonquet *Le secret du rabbin*
200. Robert Littell *Le fil rouge*
201. Georges Simenon *L'aîné des Ferchaux*
202. Patrick Raynal *Le marionnettiste*
203. Didier Daeninckx *La repentie*

205. Charles Williams	*Le pigeon*
206. Francisco González Ledesma	*Les rues de Barcelone*
207. Boileau-Narcejac	*Les louves*
208. Charles Williams	*Aux urnes, les ploucs !*
209. Larry Brown	*Joe*
210. Pierre Pelot	*L'été en pente douce*
211. Georges Simenon	*Il pleut bergère...*
212. Thierry Jonquet	*Moloch*
213. Georges Simenon	*La mauvaise étoile*
214. Philip Lee Williams	*Coup de chaud*
215. Don Winslow	*Cirque à Piccadilly*
216. Boileau-Narcejac	*Manigances*
217. Oppel	*Piraña matador*
218. Yvonne Besson	*Meurtres à l'antique*
219. Michael Dibdin	*Derniers feux*
220. Norman Spinrad	*En direct*
221. Charles Williams	*Avec un élastique*
222. James Crumley	*Le canard siffleur mexicain*
223. Henry Farrell	*Une belle fille comme moi*
224. David Goodis	*Tirez sur le pianiste !*
225. William Irish	*La sirène du Mississippi*
226. William Irish	*La mariée était en noir*
227. José Giovanni	*Le trou*
228. Jérome Charyn	*Kermesse à Manhattan*
229. A.D.G.	*Les trois Badours*
230. Paul Clément	*Je tue à la campagne*
231. Pierre Magnan	*Le parme convient à Laviolette*
232. Max Allan Collins	*La course au sac*
233. Jerry Oster	*Affaires privées*
234. Jean-Bernard Pouy	*Nous avons brûlé une sainte*
235. Georges Simenon	*La veuve Couderc*
236. Peter Loughran	*Londres Express*
237. Ian Fleming	*Les diamants sont éternels*
238. Ian Fleming	*Moonraker*
239. Wilfrid Simon	*La passagère clandestine*
240. Edmond Naughton	*Oh ! collègue*
241. Chris Offutt	*Kentucky Straight*
242. Ed McBain	*Coup de chaleur*
243. Raymond Chandler	*Le jade du mandarin*
244. David Goodis	*Les pieds dans les nuages*

245. Chester Himes — *Couché dans le pain*
246. Elisabeth Stromme — *Gangraine*
247. Georges Simenon — *Chemin sans issue*
248. Paul Borelli — *L'ombre du chat*
249. Larry Brown — *Sale boulot*
250. Michel Crespy — *Chasseurs de tête*
251. Dashiell Hammett — *Papier tue-mouches*
252. Max Allan Collins — *Mirage de sang*
253. Thierry Chevillard — *The Bad leitmotiv*
254. Stéphanie Benson — *Le loup dans la lune bleue*
255. Jérome Charyn — *Zyeux-Bleus*
256. Jim Thompson — *Le lien conjugal*
257. Jean-Patrick Manchette — *Ô dingos, ô châteaux !*
258. Jim Thompson — *Le démon dans ma peau*
259. Robert Sabbag — *Cocaïne blues*
260. Ian Rankin — *Causes mortelles*
261. Ed McBain — *Nid de poulets*
262. Chantal Pelletier — *Le chant du bouc*
263. Gérard Delteil — *La confiance règne*
264. François Barcelo — *Cadavres*
265. David Goodis — *Cauchemar*
266. John D. MacDonald — *Strip-tilt*
267. Patrick Raynal — *Fenêtre sur femmes*
268. Jim Thompson — *Des cliques et des cloaques*
269. Lawrence Block — *Huit millions de façons de mourir*
270. Joseph Bialot — *Babel-Ville*
271. Charles Williams — *Celle qu'on montre du doigt*
272. Charles Williams — *Mieux vaut courir*
273. Ed McBain — *Branle-bas au 87*
274. Don Tracy — *Neiges d'antan*
275. Michel Embareck — *Dans la seringue*
276. Ian Rankin — *Ainsi saigne-t-il*
277. Bill Pronzini — *Le crime de John Faith*
278. Marc Behm — *La Vierge de Glace*
279. James Eastwood — *La femme à abattre*
280. Georg Klein — *Libidissi*
281. William Irish — *J'ai vu rouge*
282. David Goodis — *Vendredi 13*
283. Chester Himes — *Il pleut des coups durs*
284. Guillaume Nicloux — *Zoocity*
285. Lakhdar Belaïd — *Sérail killers*

286. Caryl Férey — *Haka*
287. Thierry Jonquet — *Le manoir des immortelles*
288. Georges Simenon — *Oncle Charles s'est enfermé*
289. Georges Simenon — *45° à l'ombre*
290. James M. Cain — *Assurance sur la mort*
291. Nicholas Blincoe — *Acid Queen*
292. Robin Cook — *Comment vivent les morts*
293. Ian Rankin — *L'ombre du tueur*
294. François Joly — *Be-bop à Lola*
295. Patrick Raynal — *Arrêt d'urgence*
296. Craig Smith — *Dame qui pique*
297. Bernhard Schlink — *Un hiver à Mannheim*
298. Francisco González Ledesma — *Le dossier Barcelone*
299. Didier Daeninckx — *12, rue Meckert*
300. Dashiell Hammett — *Le grand braquage*
301. Dan Simmons — *Vengeance*
302. Michel Steiner — *Mainmorte*
303. Charles Williams — *Une femme là-dessous*
304. Marvin Albert — *Un démon au paradis*
305. Frederic Brown — *La belle et la bête*
306. Charles Williams — *Calme blanc*
307. Thierry Crifo — *La ballade de Kouski*
308. José Giovanni — *Le deuxième souffle*
309. Jean Amila — *La lune d'Omaha*
310. Kem Nunn — *Surf City*
311. Matti Yrjänä Joensuu — *Harjunpäa et l'homme oiseau*
312. Charles Williams — *Fantasia chez les ploucs*
313. Larry Beinhart — *Reality show*
315. Michel Steiner — *Petites morts dans un hôpital psychiatrique de campagne*
316. P.J. Wolfson — *À nos amours*
317. Charles Williams — *L'ange du foyer*
318. Pierre Rey — *L'ombre du paradis*
320. Carlene Thompson — *Ne ferme pas les yeux*
321. Georges Simenon — *Les suicidés*
322. Alexandre Dumal — *En deux temps, trois mouvements*
323. Henry Porter — *Une vie d'espion*
324. Dan Simmons — *L'épée de Darwin*
325. Colin Thibert — *Noël au balcon*
326. Russel Greenan — *La reine d'Amérique*

327. Chuck Palahniuk *Survivant*
328. Jean-Bernard Pouy *Les roubignoles du destin*
329. Otto Friedrich *Le concasseur*
330. François Muratet *Le pied-rouge*
331. Ridley Pearson *Meurtres à grande vitesse*
332. Gunnar Staalesen *Le loup dans la bergerie*
333. James Crumley *La contrée finale*
334. Matti Yrjänä Joensuu *Harjunpää et les lois de l'amour*
335. Sophie Loubiere *Dernier parking avant la plage*
336. Alessandro Perissinotto *La chanson de Colombano*
337. Christian Roux *Braquages*
338. Gunnar Staalesen *Pour le meilleur et pour le pire*
339. Georges Simenon *Le fils Cardinaud*
340. Tonino Benacquista *Quatre romans noirs*
341. Richard Matheson *Les seins de glace*
342. Daniel Berkowicz *La dernière peut-être*
343. Georges Simenon *Le blanc à lunettes*
344. Graham Hurley *Disparu en mer*
345. Bernard Mathieu *Zé*
346. Ian Rankin *Le jardin des pendus*
347. John Farris *Furie*
348. Carlene Thompson *Depuis que tu es partie*
349. Luna Satie *À la recherche de Rita Kemper*
350. Kem Nunn *La reine de Pomona*
351. Chester Himes *Dare-dare*
352. Joe R. Lansdale *L'arbre à bouteilles*
353. Beppe Ferrandino *Le respect*
354. Davis Grubb *La nuit du chasseur*
355. Georges Simenon *Les Pitard*
356. Donald Goines *L'accro*
357. Colin Bateman *La bicyclette de la violence*
358. Staffan Westerlund *L'institut de recherches*
359. Matilde Asensi *Iacobus*
360. Henry Porter *Nom de code : Axiom Day*
361. Colin Thibert *Royal cambouis*
362. Gunnar Staalesen *La belle dormit cent ans*
363. Don Winslow *À contre-courant du grand toboggan*
364. Joe R. Lansdale *Bad Chili*
365. Christopher Moore *Un blues de coyote*

Composition Nord Compo.
Impression Société Nouvelle Firmin-Didot
à Mesnil-sur-l'Estrée, le 7 septembre 2005.
Dépôt légal : septembre 2005.
1er dépôt légal dans la collection : novembre 2000.
Numéro d'imprimeur : 75405.

ISBN 2-07-041553-8/Imprimé en France.

139941